Collection Harlequin

Comme il est
doux d'entrer dans la
peau d'un personnage de roman,
de plonger dans une histoire qui n'est
pas la sienne et de pouvoir se dire :
"Et pourquoi une telle aventure ne
m'arriverait-elle pas à moi aussi ?…"

Car il n'y a pas d'âge pour aimer,
pas de frontière réelle entre le
rêve et la réalité.

Chaque mois,
Collection Harlequin vous
le prouve.

Gisèle

Quand s'épanouissent les fleurs nocturnes

Emma Goldrick

HARLEQUIN

*Cet ouvrage a été publié en langue anglaise
sous le titre :*

NIGHT BELLS BLOOMING

La loi du 11 mars 1957 n'autorisant aux termes des alinéas 2 et 3 de l'article 41, d'une part, que les copies ou reproductions strictement réservées à l'usage privé du copiste et non destinées à une utilisation collective, et, d'autre part, que les analyses et les courtes citations dans un but d'exemple et d'illustration, toute représentation ou reproduction intégrale ou partielle faite sans le consentement de l'auteur, ou de ses ayants droit ou ayants cause, est illicite (alinéa 1er de l'article 40).

Cette représentation ou reproduction, par quelque procédé que ce soit, constituerait donc une contrefaçon sanctionnée par les articles 425 et suivants du Code pénal.

© 1985, Emma Goldrick
© 1986, traduction française : Edimail S.A.
53, avenue Victor-Hugo, Paris XVIe — Tél. 45.00.65.00
ISBN 2-280-00345-7
ISSN 0182-3531

Le temps semblait s'être arrêté sur la place écrasée de soleil. C'était l'heure de la sieste en ce dimanche torride à Santiago de Porto Rico. Pas un souffle de vent ne venait agiter les palmiers majestueux qui encadraient l'église San Fernando. L'air était saturé des senteurs lourdes du jasmin, des frangipaniers, des fleurs d'oranger.

Elle fut effrayée par un mouvement subit au bord de la place déserte. Un chien, de race indéterminée, tournoyait en pourchassant sa queue. Elle tourna la tête pour l'observer et sut qu'elle avait eu raison d'avoir peur. Le chien s'était maintenant immobilisé face à elle, la regardant fixement. Son museau gris était couvert d'écume blanche.

L'animal commença à trottiner vers elle. Ce fut suffisant pour lui faire perdre tout contrôle de ses nerfs. Elle laissa tomber sa valise sur le trottoir et porta ses mains à sa bouche pour étouffer le gémissement plaintif qui s'en échappait. Elle fit deux pas en arrière, les yeux fixés sur la gueule écumante. Alors elle cria. Son hurlement sauvage et incontrôlable secoua la somnolence de la petite ville ; une nuée de pigeons s'envola, quelques têtes se montrèrent aux fenêtres. Evy ne voyait plus que le chien enragé. Elle fit deux pas de plus en arrière dans la rue, droit vers une grosse voiture qui s'engageait à ce moment sur la place.

Les freins crissèrent, l'arrière de la puissante voiture chassa, alors que le conducteur donnait un grand coup de volant pour l'éviter. Le pare-chocs happa la jupe d'Evy. Déséquilibrée, elle s'écroula sur le capot de l'automobile et s'évanouit instantanément.

Elle reprit conscience quelques minutes plus tard. On l'avait à moitié allongée sur le siège avant de la voiture ; elle avait perdu son chapeau, ses longs cheveux blonds s'étaient répandus en cascade, sa jupe retroussée dévoilait ses cuisses. Un homme se penchait au-dessus d'elle. Elle frissonna et esquissa un mouvement de recul. Le chien était oublié, c'était l'homme maintenant dont elle avait peur. Elle se rappela les conseils du psychiatre : la peur naît à cause d'un danger, s'étend à tout ce qui a un rapport avec ce danger ; ensuite, si on ne lutte pas contre elle, elle vous domine et tout ce qui vous entoure vous effraie. « Lutte, se dit-elle, lutte contre la peur ! » Elle balbutia :

— Quoi ?... Comment ?

— Je n'en sais rien. Il semblerait que vous avez essayé de vous suicider en vous jetant sous mes roues.

La voix de l'homme était grave, teintée d'ironie.

— Le chien ?

— Comment vous sentez-vous ?

— Je... je vais très bien.

Sa hanche et sa jambe gauche étaient douloureuses, mais cela ne semblait pas grave. Evy réussit à s'asseoir et à rabaisser sa jupe. Derrière l'homme, vingt ou trente personnes étaient apparues comme par magie. Elle répéta faiblement :

— Le chien ?

— Quel chien ?

Evy secoua la tête, tentant de reprendre ses esprits. Elle examina rapidement l'homme qui lui faisait face.

6

Son visage hâlé était rasé de près. Ses cheveux étaient noirs, ses yeux sombres, surmontés d'épais sourcils. De haute taille, il portait un pantalon gris et une chemise blanche légère au col ouvert.

Elle avala sa salive, répondit en haussant la voix pour se faire entendre des spectateurs :

— Il y avait un chien. Il venait vers moi. Je crois qu'il était enragé.

Le mot fit le tour de la foule. « La rage ! » « *Rabia !* » Aussi rapidement qu'elle s'était amassée, l'assistance disparut. L'homme éclata de rire.

— On peut dire que vous savez comment disperser une foule ! Maintenant, voyons si vous n'avez rien de cassé.

Il se mit à tâter chacune des jambes d'Evy d'une main ferme, de la cheville jusqu'à mi-cuisse. La jeune femme resta figée, paralysée par la surprise.

— Arrêtez... arrêtez cela ! Vous n'êtes pas médecin, n'est-ce pas ?

— Moi ? Non, je suis juste un ami.

L'inconnu sourit et se pencha en avant pour lui poser un petit baiser sur la joue. Evy sentit la colère remplacer la peur ; elle le repoussa violemment.

— Ne me touchez pas ! Le fait que votre voiture m'ait renversée ne vous autorise pas...

— D'accord, d'accord, mademoiselle Sainte Nitouche. Je vais rester assis bien sagement jusqu'à ce que vous mouriez d'hémorragie.

Elle eut un gémissement.

— Oh non !

Relevant de nouveau sa jupe, elle se pencha pour inspecter ses jambes. Il put les contempler tout à loisir.

— Mais... ça ne saigne pas du tout ! Vous vous croyez peut-être drôle...

Elle se recouvrit prestement et le regarda, furieuse.

Un éclair de malice brillait dans les yeux noirs. Il eut un rire étouffé.

— J'aime les jolies filles. Vous ne saignez pas, mais vous avez de belles contusions. Avez-vous l'intention de porter plainte ?

Les jolies filles ? Il ne parlait pas d'elle. On apprend vite, quand on est orpheline dans l'état de l'Ohio. Les jolies petites filles sont adoptées, même quand elles ont dépassé l'âge de six ans. Les petites filles laides passent leur enfance ballottées de foyer en foyer. Certaines d'entre elles deviennent dures, agressives. D'autres, comme Evelyn Hart, apprennent à se tenir soigneusement à l'écart du monde pour se protéger. Et elle savait que l'histoire du vilain petit canard n'était qu'un conte.

— Pourquoi porterais-je plainte contre vous ? C'est moi qui ai heurté votre voiture, non le contraire.

— Le moins que je puisse faire est de vous conduire où vous allez. Pourquoi prendriez-vous le bus alors que la voiture est à votre disposition ? Vous profiterez de l'air conditionné. Où vous rendez-vous exactement ?

— A quelques kilomètres d'ici.

Elle se mordit les lèvres. Avait-elle vraiment envie d'être ramenée par cet inconnu ? Mais le *publico,* le bus portoricain, secouait ses passagers en tous sens dans un grand bruit de ferraille. De plus, l'air conditionné était très appréciable en cette saison : c'était la fin du mois de février, la saison des pluies se terminait, la brise venue de l'océan apportait sur l'île un air humide et chaud. Evy était vêtue aussi légèrement que la décence le permettait : une jupe et un chemisier léger. Même ainsi, la sueur perlait à son front, et elle sentait son corps entier devenir de plus en plus moite. Pour la seconde fois en dix minutes, la peur perdit la bataille.

— Je vis à Playa de Santiago.

Elle tira sur son chemisier qui avait tendance à se coller contre sa poitrine pleine.

— Je connais le village. Quand j'étais plus jeune, mon père nous emmenait dans cette région au moins une fois par an pour visiter l'île aux Singes. Montez, je prends vos affaires.

Il se pencha pour ramasser la mallette et le sac à main d'Evy.

— J'espère qu'il n'y a rien de fragile dans votre mallette. On dirait qu'elle a été piétinée par une foule affolée.

Pendant qu'il s'installait au volant, elle se retourna pour examiner la mallette qu'il avait posée sur le siège arrière. Dieu merci, la serrure avait tenu. Rien n'avait plus de valeur pour elle que les reçus qu'elle contenait.

Tout en mettant le moteur en marche, il demanda d'un ton négligent :

— Il y avait quelque chose de précieux à l'intérieur ?

L'atmosphère à l'intérieur de la voiture fut instantanément rafraîchie par le climatiseur. Evy étendit ses jambes pour profiter au maximum de la caresse bienfaisante de l'air. Elle regarda droit devant elle, répondit doucement :

— Oui. Ce sont des reçus. C'est un grand jour pour moi... Je suis libérée de toutes mes dettes.

Elle avait travaillé comme une esclave pendant deux ans pour s'acquitter de la montagne de dettes que Franck avait laissée derrière lui. Don Alfonso, le notaire d'Evy, lui avait téléphoné la veille pour lui annoncer que les quittances étaient arrivées à son étude. Elle avait décidé de se rendre chez lui dès le lendemain, bien que ce fût un dimanche, tant était grande son impatience de tenir enfin ces papiers entre ses mains.

— Je m'appelle Jason, Jason Brown.

Evy serra la main qu'il lui tendait tout en conduisant.

— Vous n'avez pas vraiment un accent portoricain, monsieur Brown ; je pencherais plutôt pour le Texas.

Il éclata de rire.

— Juste ! Né à Porto Rico, élevé au cœur même du Texas, à Gatesville.

— Je suis Evelyn Hart.

Evelyn Hart. Depuis le jour de l'accident, elle ne se présentait plus sous le nom de Santuccio. Mais il fallait quand même mettre les choses au point avec cet inconnu. Elle fit tourner son alliance autour de son doigt, dans un geste destiné à attirer son attention. Il le remarqua ; il semblait être du genre à qui rien n'échappe. Elle ajouta :

— *Madame* Evelyn Hart.

Il rit encore et enclencha une vitesse.

— Oui, bien sûr. Madame Evelyn Hart. Vous n'avez pas non plus l'apparence d'une Portoricaine.

Il passa un doigt léger sur une des longues mèches blondes d'Evy. Elle rougit, se rejeta loin de lui si brusquement qu'elle se heurta à la porte.

— Vous êtes très émotive, n'est-ce pas ?

— Je... j'aime seulement garder mes distances. J'ai été... malade pendant un long moment. Je ne suis plus habituée aux contacts sociaux.

Il conduisait avec aisance, le moteur ronronnait. Evy restait méfiante, les yeux résolument fixés sur le paysage. « S'il fait mine de vouloir se ranger sur le bas-côté de la route, se dit-elle, j'ouvre la porte et je saute. » Jason Brown rompit le silence.

— Vous êtes supposée entretenir une conversation, vous savez.

— Eh bien... Je ne suis pas ici depuis longtemps. Vous avez mentionné un endroit nommé l' « île aux Singes » ?

— Elle est située juste en face de Playa de Santiago. Vous devez savoir que le village était à l'origine le port qui desservait la ville de Santiago. L'île s'appelait l'île de Santiago. Pendant la Seconde Guerre mondiale, on y a implanté une colonie de singes Rhésus pour faire des expériences scientifiques. Ils vivent toujours en liberté là-bas, sous le contrôle de l'Institut de Médecine Tropicale. Vous devriez vous y rendre avec votre mari.

Il se tourna vers elle, attendant une réponse. Elle décida tout à coup de lui faire confiance.

— Je suis sûre que ce serait très intéressant. Mais je n'ai pas de mari, monsieur Brown. Je suis veuve.

Il la regarda avec stupéfaction.

— Veuve? Vous ne semblez pas avoir plus de dix-neuf ans!

Elle soupira.

— Il y a deux ans qu'il est mort. J'ai vingt ans, en fait.

— Je suis vraiment désolé. Je suis sûr que son souvenir sera difficile à oublier.

Oui, pensa-t-elle aussitôt, inoubliable! Il lui avait appris une leçon dont elle respecterait les enseignements toute sa vie.

Ses pensées furent irrésistiblement attirées dans le passé. Ce jour-là, à Cleveland, Franck était apparu à la porte de la maison sans avoir annoncé son retour. Ils étaient mariés depuis neuf mois, séparés depuis six. Comme elle tentait de lui barrer le passage, il l'avait bousculée. Il venait juste pour fouiller dans le grenier, lui avait-il dit. Elle avait refusé de le laisser passer, et il l'avait assommée d'un coup de poing. Il n'avait pas trouvé ce qu'il était venu chercher; en redescendant du grenier, il avait passé sa rage en bourrant de coups de pied le corps étendu à terre d'Evy. Agrippée au rebord de la fenêtre, elle l'avait vu démarrer en trombe dans sa petite voiture de sport rouge. Au lieu de tourner à la fin de l'allée pour s'engager dans la rue, la voiture avait continué droit devant elle, allant s'écraser contre un mur de pierre.

Après le bruit sourd de l'impact, l'automobile s'était embrasée comme si elle avait été en proie aux flammes de l'enfer.

Quand un policier arriva, il la trouva assise par terre, secouée d'un rire strident et hystérique, un rire qu'elle ne put maîtriser qu'après avoir passé trois mois dans un hôpital psychiatrique.

— Vous pleurez. Tenez.

Il avait parlé d'une voix douce, lui tendant un mouchoir avec lequel elle s'essuya les yeux. Elle savait ce qu'il pensait : pauvre petite veuve, à peine sortie de l'enfance, pleurant son amour perdu ! Si seulement il connaissait la vérité ! Après tout, qu'il pense ce qu'il lui plairait... Elle se moucha et tenta de détourner la conversation.

— Et que faites-vous dans la vie, monsieur Brown ?

— Je m'occupe des affaires familiales. Nos capitaux sont surtout investis dans le pétrole, mais nous possédons une plantation de café près de Rio Blanco. Elle est en déficit, et je dois décider de son sort. Ah, voici Playa de Santiago. Où habitez-vous ?

— C'est tout droit. Cette maison blanche qui surplombe la plage.

— Mais c'est l'ancien poste de douane !

— Oui. Il était en vente à un prix très raisonnable. J'avais quelques économies, je l'ai acheté. Avez-vous déjà vu l'intérieur ?

Elle eut envie de se mordre la langue. « Ça y est, je l'ai pratiquement invité à entrer, pensa-t-elle. Il faudra lui offrir une tasse de café, et ensuite... Qu'ai-je fait ? »

— Mon Dieu, non... Le poste de douane était fermé de mon temps. C'est une vraie forteresse, n'est-ce pas ? Encerclé de murs, des barreaux aux fenêtres... Il a dû être conçu pour résister aux pirates !

— C'est une maison sud-américaine typique. Elle est tournée vers l'intérieur et se protège de la rue... Il est arrivé quelque chose !

— Comment ?

— C'est Doña Maria, ma...ma *dueña* !

12

La silhouette d'une vieille femme, petite et corpulente, habillée de noir, était appuyée contre le mur près de la porte. Elle se balançait doucement, le visage caché dans ses mains.

— Votre *dueña* ?

— Devrais-je l'appeler ma gouvernante ? Elle m'aide à faire le ménage et me tient compagnie. De plus, selon les coutumes de l'île, je dois avoir un chaperon. Je suis trop jeune pour vivre seule.

Doña Maria releva la tête quand ils arrivèrent à côté d'elle.

— *Madre de Dios !* Je suis partie chez ma sœur pendant une heure, et voyez ce qui arrive ! Regardez dans la maison !

Evy tenta de la réconforter.

— Allons, allons, cessez de pleurer ! Monsieur Brown... Jason, pourriez-vous m'accompagner à l'intérieur ?

Elle se dirigea vers la porte d'entrée d'un pas qu'elle voulait ferme. Mais devant l'ouverture béante, elle recula.

— Je... Cela m'est déjà arrivé un jour à Cleveland. Je suis rentrée chez moi alors que le cambrioleur s'y trouvait encore. Je...

Il passa devant elle.

— Ne vous inquiétez pas. S'il y a un voleur à l'intérieur, je le ferai déguerpir. Attendez-moi ici.

Il reparut cinq minutes plus tard.

— Effectivement, la maison a été visitée. Mais il n'y a plus personne.

Evy se dirigea vers l'entrée, se vit dépassée par Doña Maria qui s'engouffra par la porte. Maintenant qu'un homme avait pris la situation en main, la vieille dame aurait pu combattre une armée de dragons.

Evy s'avança dans le salon. Les fauteuils étaient renversés. L'intérieur des coussins jonchait le sol. Les deux figurines en porcelaine de Dresde qu'elle aimait tant étaient brisées. Il ne restait rien de l'atmosphère paisible et sereine qu'elle avait su créer dans cette pièce.

Evy savait bien ce qui s'était passé. Déjà deux fois à Cleveland, une fois à Chicago, et maintenant ici... Elle se laissa tomber à genoux.

— Oh, mon Dieu... Pourquoi faut-il qu'ils continuent à me terroriser ? Que veulent-ils ? Qu'ai-je fait pour mériter cela ?

Elle était au bord de la crise de nerfs, et Jason le devina. Il expédia Maria à la cuisine pour chercher de l'eau, remit Evy sur ses pieds et la serra contre sa poitrine où la tête de la jeune femme trouva tout naturellement sa place. Secouée de sanglots incontrôlables, elle mit une demi-heure à se calmer un peu.

Elle se reposa un instant contre lui quand la tempête fut passée. Puis, traversée par une terrible pensée, elle le repoussa et se rua vers une pièce située à l'arrière de la maison.

— Mon atelier !

La salle où elle fit irruption était baignée de lumière. Le mur extérieur était percé de quatre fenêtres ; en vis-à-vis, la paroi qui séparait l'atelier du jardin intérieur était entièrement constituée de larges baies fermées par des volets à claire-voie. Des papiers étaient répandus sur le sol, tous les tiroirs de quatre grands meubles avaient été ouverts. Mais l'imposante table à dessin qui trônait au milieu de la pièce était intacte.

Jason surgit derrière elle.

— Qu'est-ce que c'est que cette salle ?

— Mon atelier. Cette feuille de papier représente deux semaines de travail.

Il leva les sourcils.

— Des bandes dessinées ?

— Allez-y, moquez-vous de moi ! C'est mon métier. Mes dessins sont publiés simultanément dans soixante-deux journaux aux Etats-Unis. Je ne pense pas que vous lisiez la page des bandes dessinées ?

Il sourit.

— Non, pas depuis l'âge de quatorze ans. Vous gagnez votre vie avec ça ?

— Oui, du moins maintenant. Quand j'ai commencé, il y a trois ans, c'était juste une distraction. Et puis j'ai rencontré Belle Sampers, des *Publications Internationales*. Aujourd'hui, mes dessins me font vivre, payent mes dettes et me permettent même de faire des économies.

— Il manque quelque chose ?

— Comment le saurais-je, je viens juste d'arriver !

— Voyons, ne m'attaquez pas ainsi ! Je suis celui qui vous a raccompagnée chez vous, pas le cambrioleur. Il me semble qu'ils cherchaient quelque chose en particulier. Je me demande s'il l'ont trouvé...

— Je ne sais pas !

Evy fondit en larmes. Jason la reprit contre lui, lui murmura des paroles réconfortantes en lui caressant les cheveux. Elle se blottit dans ses bras. Il demanda doucement :

— Puis-je vous aider ?

Elle renifla.

— Oui... Rendez-moi votre mouchoir.

Il eut un sourire attendri en lui tendant le mouchoir demandé, puis partit à la recherche d'un téléphone. La police prévenue, il retourna auprès d'Evy à qui il demanda du café.

Le café était chaud, et portoricain. Plus fort que celui qu'on pouvait trouver dans les supermarchés, c'était un breuvage noir et épais qui devait être mélangé à la même quantité de lait chaud. Tous trois s'assirent autour de la table de la cuisine et dégustèrent leur tasse. Jason s'extasia :

— « *Café con leche* » ! Quel goût merveilleux après toutes ces années passées à boire du café coupé de chicorée ! Alors, vous faites des bandes dessinées. Et où allez-vous chercher vos idées ?

— Ce n'est pas difficile. Il me faut une planche de quatre dessins par semaine, ils ne paraissent que dans les journaux du dimanche. En une journée de travail, je peux dessiner trois ou quatre planches. Mes tiroirs sont remplis de dessins que je garde en réserve en cas de manque d'inspiration. Jusqu'à présent, les idées me viennent facilement. En général, j'essaye de conserver quatre mois d'avance.

Ils restèrent assis pendant cinq minutes encore avant d'entendre le son d'une sirène de police. Jason se dirigea vers la porte, Maria refit du café. Evy se figea sur sa chaise. Elle ne pouvait s'empêcher d'avoir peur des policiers ; ils lui rappelaient cette nuit dramatique où Frank était mort dans l'incendie de sa voiture.

Jason revint accompagné d'un homme au teint sombre, petit et trapu. Il n'était pas en uniforme ; il portait une chemise tahitienne à grands ramages rouges, jaunes et verts. Il paraissait très jeune.

— Madame Hart, je vous présente le sergent Velasquez, un de mes amis.

Après l'avoir saluée, le policier tira une chaise et s'assit en face d'Evy. Maria s'approcha de lui et se lança dans une longue tirade en espagnol, d'un ton autoritaire. Le sergent rougit et répondit :

— *Si, abuela.*

Il secoua la tête et s'adressa à Evy.

— Ah, señora, j'ai bien peur que ma grand-mère ne soit déçue. Elle me demande de résoudre cette affaire cet après-midi, parce que vous devez aller à la plage demain.

Evy éclata de rire.

— Votre grand-mère ? Doña Maria est votre grand-mère ?

Il rit également.

16

— Mais oui. Et je suis une grande déception pour elle ; je ne suis que sergent à trente ans.

Il posa ses mains à plat sur la table et regarda autour de lui. Les paquets de farine et de sucre étaient éventrés, la vaisselle éparpillée par terre, la poubelle renversée. Il tira un carnet de sa poche, commença à prendre des notes.

— Vous n'habitez pas ici depuis longtemps ?

— Cela fait juste un mois aujourd'hui.

— Et vous veniez de… ?

— De Chicago. Mais j'ai passé presque toute ma vie à Cleveland, dans l'Ohio.

— Je crois que vous êtes veuve ?

— Oui.

Elle voulut s'expliquer davantage, puis y renonça.

Il inscrivit quelques mots sur son carnet et se mit à tapoter la table du bout de son stylo.

— Mes hommes sont en train d'examiner les autres pièces. Cette affaire est très curieuse. Vous n'avez aucune idée de qui a pu faire cela, de ce qu'on cherchait ?

— Non… Non, je ne sais pas. Je ne crois pas qu'ils aient pris quelque chose, mais pourquoi saccager ma maison ?

Elle combattit les larmes qui lui montaient aux yeux.

— Excusez-moi. J'ai été malade, et…

— Ce n'est pas grave. Il y a de quoi se sentir nerveux. Mais dites-moi, cela vous est-il déjà arrivé ?

— Oui. Après… après la mort de mon mari. J'ai passé quelque temps à l'hôpital. Quand je suis rentrée, j'ai trouvé ma maison à Cleveland dans le même état qu'aujourd'hui. Ils avaient sans doute passé des journées entières à fouiller. Tout était déchiré ou réduit en miettes, sauf mes guirlandes de Noël dans le grenier.

— Vous avez appelé la police ?

— Oui, mais elle n'a rien découvert de plus. J'ai tout

nettoyé, remis la maison en état. Un mois plus tard, j'ai dû retourner à l'hôpital pour... pour des examens de contrôle. Et ils ont recommencé ! Les policiers m'ont dit... Ils m'ont dit que c'était sans doute une vengeance personnelle... à cause de Franck... que je ferais mieux de quitter la ville.

— Franck, c'était votre mari ?

— Oui. J'ai quitté Cleveland. J'habitais dans une pension de famille à Chicago. Une semaine après mon arrivée, quelqu'un...

— A saccagé votre chambre ?

— Oui.

Elle baissa la tête, dissimulant son visage torturé.

— Vous avez prévenu la police de Chicago ?

— Non... J'étais terrorisée. J'avais un peu d'argent de côté, alors j'ai simplement fait mes bagages et je me suis enfuie. J'ai choisi Porto Rico parce que c'était loin, mais que l'île faisait quand même partie des Etats-Unis. J'ai demandé à une agence immobilière de San Juan de me trouver une maison dans le village le plus petit et le plus reculé de Porto Rico. Ils m'ont envoyée à Playa de Santiago.

— Et quand vous êtes partie, señora, vous n'avez rien emporté ?

— J'ai pris une valise. Quand j'ai trouvé cette maison, je me suis adressée à une entreprise de déménagement de Cleveland. Ils ont emballé toutes mes affaires de Cleveland et de Chicago et me les ont expédiées par bateau. Ils ont tout envoyé, même le contenu de la poubelle que j'avais laissée à Chicago ! Même la poubelle... Quelle odeur en arrivant ici !

Elle rit, mais c'était un rire hystérique.

— Quand vos affaires sont-elles arrivées ?

— Il y a une semaine à peu près.

Le sergent consulta ses notes, échangea un regard avec Jason Brown. Ils hochèrent tous deux la tête, comme s'ils avaient trouvé la solution du problème. Le sergent prit la parole :

— Ils sont très rapides.

Jason répondit :

— C'est un réseau important. Ils ont des gens à eux sur l'île.

Le policier se tourna vers Evy.

— Señora, quel était le métier de votre mari ?

Evy hésita, se mordant la lèvre. Franck avait toujours voulu lui dissimuler ses activités, mais il lui avait suffi d'une soirée en compagnie des « amis » de son mari pour découvrir la vérité. Ensuite, elle avait dû se surveiller étroitement et jouer la comédie pour qu'il ne découvre pas ce qu'elle savait. Elle frissonna.

— Je... je ne sais pas. Il disait qu'il était dans l'import-export. Je n'ai jamais connu le nom de la société pour laquelle il travaillait. Nous avons été mariés très peu de temps.

— Bien sûr. C'était une longue lune de miel, vous ne vous préoccupiez pas de ce genre de choses.

Elle le regarda droit dans les yeux sans répondre. Qu'il s'imagine ce qu'il voudrait... Une longue lune de miel, en vérité ! Elle caressa du bout des doigts la petite cicatrice à peine visible sur son menton, un souvenir qui lui restait des attentions de Franck.

Le policier s'éclaircit la gorge, rangea son stylo et son carnet dans sa poche. Il se leva lentement en échangeant un autre regard entendu avec Jason Brown.

— Cela prendra un peu de temps. Nous devons interroger les gens du village. Playa de Santiago n'est pas grand, quelqu'un a dû voir quelque chose. Nous allons ensuite nous mettre en contact avec la police de Cleveland. Mais je préférerais que vous ne restiez pas seule ici cette nuit, señora. Nous n'avons pas d'hommes disponibles pour vous protéger en ce moment. Avez-vous des amis sur l'île ?

Jason l'interrompit.

— Bien sûr : moi. Elle peut venir chez moi, à la plantation. Avec Maria, évidemment !

Evy se raidit.

— Vous en avez déjà trop fait pour moi.

En elle, la lutte s'engageait entre l'attirance qu'elle éprouvait envers la personnalité attachante de Jason et les anciennes peurs qui hantaient sa vie. Au fond de son cœur, elle savait qu'elle voulait partir avec lui. Cette maison tranquille, devenue son foyer depuis un mois, s'était changée en un endroit sombre et menaçant.

Jason rétorqua fermement :

— Ridicule. Prenez quelques vêtements, prévoyez une semaine de séjour. Nous resterons en contact avec Ramón par téléphone.

— Ramón ?

— Le sergent Velasquez. Ramón et moi nous connaissons depuis bien longtemps.

Le policier intervint :

— Il vaut mieux que vous ne soyez pas ici si jamais ils reviennent.

— Oui, je comprends... Je vous remercie... Ramón.

— *De nada*, señora.

Il prit en souriant la main qu'elle lui tendait. « Incroyable, pensa-t-elle avec un peu d'affolement, il va me faire un baise-main ! » Ce qu'il fit en effet, avant de se retirer avec une légère courbette.

Evy se tourna vers la fenêtre. Une bande d'or éclairait l'horizon au-dessus de la mer. L'après-midi se terminait.

Jason appela :

— Doña Maria ! Pourriez-vous préparer vos bagages et ceux de la señora, s'il vous plaît ?

La vieille dame entra dans la pièce pour lui adresser un sourire éclatant, puis disparut. Evy demanda :

20

— Et moi, que dois-je faire ?

— Rien du tout, ne bougez pas... Si Ramón a le droit de vous donner un baiser, je le peux aussi.

Il l'embrassa, mais pas sur la main.

2

Evy ne retrouva ses esprits qu'après plusieurs minutes passées dans sa chambre. Qu'est-ce qui avait provoqué une telle réaction chez elle ? Jason était un homme rassurant, agréable, amical. Quand il l'avait embrassée, elle s'était débattue comme un chat sauvage. Quelque chose avait pris possession d'elle, une force frénétique qui avait brisé le calme extérieur qu'elle avait réussi à reconstruire. Elle était restée immobile quand il l'avait entourée de ses bras, mais la panique l'avait saisie au moment où elle avait senti le contact de ses lèvres. Elle avait perdu momentanément la raison. Sa main droite s'était libérée pour griffer profondément la joue de Jason. Il l'avait lâchée, elle avait couru dans sa chambre et claqué la porte.

Maintenant, assise au bord de son lit, elle se demandait pourquoi elle avait agi ainsi. Elle regardait sa main et se répétait sans cesse : pourquoi, pourquoi ?

Elle savait bien qu'elle se laissait facilement dominer par la peur. Mais à ce point... Depuis la nuit de l'accident, elle avait perdu tout son courage. Elle avait peur de tout ce qui bougeait, de tout ce qui semblait autoritaire, ou trop... masculin. C'était ce qui l'effrayait chez Jason. Il était beaucoup trop masculin.

Elle devait choisir : lutter contre ses peurs, ou s'abandonner totalement à elles. Une image la hantait ; celle d'une rangée de femmes assises, le visage fermé, perdues dans leur rêve. Evy savait que c'était ce qui arrivait à ceux qui se laissaient submerger par la peur de l'extérieur.

Le destin lui avait apporté quelqu'un de chaleureux, d'amical... A ce moment, elle décida d'abattre toutes les barrières entre elle et Jason Brown, s'il l'attendait toujours, s'il n'était pas déjà parti, pensant que ce laideron d'Evelyn Hart ne l'intéressait plus.

Elle se trouvait laide. Elle n'avait rien à reprocher à sa silhouette, mais son visage rond, piqué de deux fossettes exagérément profondes, lui avait toujours paru sans attrait. Depuis le jour de l'accident, elle avait évité de se regarder dans les miroirs. Elle ignorait que deux ans de soucis et de maladie avaient gommé l'aspect enfantin de son visage, l'avaient allongé et affiné, lui avaient donné une beauté tourmentée.

Elle se changea, choisissant avec soin ses vêtements, comme si elle était sûre de partir ce soir pour la plantation en haut de la montagne. Comme si elle savait qu'il l'attendait. Elle attacha ses cheveux avec un ruban noir, prit son courage à deux mains, sortit de sa chambre.

Elle rencontra Maria dans le couloir.

— Le señor vous attend à la porte. Vous avez l'air fatigué, *linda*. La journée a été longue.

— Est-il en colère ? *Irritado ?*

— Oh non. Mais il s'est coupé la joue et le sang coule. Allons, venez.

Maria la précéda. Evy la suivit sans hâte, appréhendant le moment où elle se trouverait face à Jason. Elle les entendit rire ensemble en arrivant près de la voiture. Jason Brown ne semblait vraiment pas être en colère. Que manigançaient-ils tous les deux ? Elle découvrit

24

Jason occupé à suspendre une petite poupée de chiffons noire au linteau de la porte d'entrée.

— Que faites-vous ?

Maria répondit :

— C'est le *resguardo,* le gardien. Personne ne pourra passer s'il a le cœur mauvais.

— Encore une superstition ridicule !

Jason intervint.

— Cela ne peut pas nuire, vous savez.

Maria adressa à Evy un regard implorant.

— Je dois l'enlever ?

Evy se laissa attendrir.

— Non, ce n'est pas la peine. C'est vrai, cela ne peut pas nuire...

Jason sourit.

— Maria, allez nous attendre dans la voiture. Je dois parler en particulier à Madame Hart.

Maria s'éloigna avec un sourire en coin. Après tout, le rôle d'un chaperon est aussi de trouver un bon mari à sa protégée.

Dès qu'ils furent seuls, Evy prit la parole avant que Jason ait eu le temps de dire un mot.

— Je... je vous prie de m'excuser. Je n'aurais jamais dû agir ainsi.

Elle passa un doigt léger à côté des traces rouges sur sa joue et continua :

— Vous saignez. Je vais désinfecter vos coupures.

— Je vous remercie. Vous n'avez pas à vous excuser, c'est moi qui n'aurais pas dû... Veuillez accepter mes excuses les plus sincères. Je suis désolé, madame Hart. Nous sommes amis, maintenant ?

— Bien sûr !

Elle se précipita dans la maison pour prendre un morceau de coton et du désinfectant. Ainsi, il ne l'avait pas repoussée !

Cinq minutes plus tard, ils montaient en voiture.

Jason se mit à siffloter tout en conduisant. Il se tourna vers Evy :

— La plantation n'est qu'à cinq ou six kilomètres à vol d'oiseau de votre maison, mais il n'y a pas de route qui y aille directement. Nous devons faire tout un détour. Tiens, regardez !

Ils étaient revenus à leur point de départ, la grande place de Santiago de Porto Rico. Maintenant, elle n'était plus déserte. Des femmes habillées de couleurs vives tournaient autour de la place par petits groupes de deux ou trois. Des hommes, eux aussi par petits groupes, formaient un cercle qui entourait celui des femmes en marchant dans le sens contraire.

Maria donna quelques explications.

— C'est le *paseo*. Tous les dimanches, les filles à marier se promènent pendant une heure. Si un garçon en choisit une, il demande à sa famille de parler à celle da la jeune fille, et si tout le monde est d'accord, il a le droit de commencer sa cour. C'est une coutume très ancienne.

Evy lui demanda :

— Vous aussi, vous vous êtes promenée sur la place du village ?

La vieille dame se mit à rire.

— De nombreuses fois ! Quand j'étais jeune, j'étais aussi belle que vous, mais notre famille n'avait pas d'argent.

— Et que se passe-t-il si une jeune fille ne trouve pas de prétendant ?

Maria soupira.

— Cela arrive. Dans le temps, elle devenait religieuse, ou elle était recueillie par sa famille. Aujourd'hui, tout a bien changé, les jeunes filles travaillent dans les usines.

— Vous voulez vous arrêter pour vous joindre au *paseo* ?

26

Jason souriait, mais son regard était sérieux. Evy tenta de répondre d'un ton léger.

— Non merci, j'ai déjà eu ma chance.

La route se fit de plus en plus escarpée. Jason éteignit l'air conditionné, appuya sur le bouton d'ouverture automatique des fenêtres. Une brise fraîche emplit la voiture d'odeurs lourdes et fleuries. Ils s'engagèrent dans un sentier boueux qui serpentait sur le flanc de la montagne, traversant six fois de suite le même ruisseau avant de déboucher sur une cour pavée.

La nuit était là à présent, éclairée par une myriade d'étoiles et par la pleine lune qui avait surgi au-dessus du mont El Yunque. Les formes vagues et noires de bâtiments les entouraient de toutes parts, à demi dissimulées par les silhouettes sombres de grands arbres. Un autre flot de parfums submergea les occupants de l'automobile, parfum des fleurs de citronnier, d'oranger, des rosiers bien alignés dans des massifs, et surtout des délicates fleurs blanches de café.

— Bienvenue à « *El Semillo* » !

Evy regarda Jason.

— Qu'est-ce que cela veut dire ?

— « *El Semillo* » ? C'est le mot espagnol pour désigner une graine.

Ils descendirent de voiture et furent bientôt devant la maison. C'était une vaste bâtisse de bois, surélevée sur des pilotis, entourée de grands arbres qui ondoyaient dans le vent.

Jason expliqua :

— Elle a été construite de cette façon pour que l'air rafraîchisse l'intérieur en passant entre le sol et le plancher. Cela nous protège aussi de toutes sortes d'animaux et de parasites. Elle vous plaît ?

Elle lui prit le bras dans un mouvement spontané.

— Beaucoup. Comme elle est grande...

— Toutes les pièces, sauf la cuisine, sont situées sur

un seul niveau. Ce qui a l'air d'un second étage n'en est pas un : c'est une grande terrasse couverte. Venez, entrons.

Il lui prit la main et la guida vers un escalier qui menait à une véranda, puis dans un immense salon aux lumières tamisées dont les larges baies vitrées s'ouvraient sur le paysage.

Pendant que Jason donnait des consignes pour le dîner, Evy traversa la pièce et regarda à l'extérieur. Un petit ruisseau bouillonnant se jetait dans un étang où fleurissaient des nénuphars. « Pourquoi cet homme me fait-il tant d'effet, se demanda-t-elle. Quand il m'approche, j'ai l'impression de m'embraser. Ne te laisse pas entraîner par ton imagination, Evy. Franck aussi était charmant avant le mariage, et regarde en quel monstre il s'est transformé ensuite. Et cet homme-ci est tellement plus grand, tellement plus fort que Franck ! »

Jason revint vers elle. Il lui prit le bras, lui fit visiter la salle à manger, le bureau, plusieurs chambres, chacune pourvue de salle de bains, un immense solarium. Ils retournèrent dans le living-room et s'arrêtèrent devant une imposante cheminée de pierre.

— Pourquoi cette cheminée ?

— Vous n'étiez pas là cet hiver... Il pleut sans cesse, une pluie froide et pénétrante. Savez-vous qu'il n'a pas fait plus de dix-huit degrés ici le cinq décembre dernier ?

Elle s'exclama poliment, s'abstenant de lui dire la température qu'il avait fait à Chicago à ce moment-là de l'année. Il continua :

— Dans une maison complètement ouverte comme celle-ci, il fait froid. C'est mon grand-père qui a installé cette cheminée.

Ils firent quelques pas sur la véranda.

— Où avez-vous logé Maria ?

Il lui adressa un sourire taquin.

— Votre chaperon vous manque déjà ? Je vous jure

28

que je n'abuserai pas de vous, madame Hart. Maria est allée s'installer dans l'un des six pavillons que nous réservons aux gens de passage.

Son bras était toujours glissé sous celui d'Evy, la rendant nerveuse. La voix de Jason se fit apaisante :

— Venez par ici. Il y a peu de lumière, mais vous allez découvrir quelque chose de splendide.

Son appréhension la quitta. La main de Jason glissa le long de son avant-bras et alla envelopper ses doigts, les étreignant doucement. Il la mena à la partie de la véranda qui surplombait l'étang aux nénuphars.

— Regardez en bas, à cet endroit.

Il lui désigna la masse sombre d'une treille, entre la maison et le ruisseau. La plante qui y grimpait laissait pendre ce qui semblait être des cosses, ou des boutons, de forme oblongue et gonflée.

— Regardez bien, au moment où la lune les éclairera.

Elle retint son souffle alors que le globe de la lune émergeait lentement au-dessus de l'arête du toit. Ses rayons effleurèrent la treille. Instantanément, les gousses pendantes s'ouvrirent et prirent la forme de petites cloches.

Jason dit doucement :

— Les *campagnas*, les cloches de minuit. Regardez.

Quand la lumière de la lune tomba directement sur les clochettes, elles s'ouvrirent davantage, libérant un lourd parfum. Des pétales se déplièrent, faisant naître des fleurs d'un blanc pur.

Evy chuchota :

— Magnifique ! C'est magnifique ! Mais pourquoi parlons-nous tout bas ? Le bruit leur ferait-il peur ?

Il reprit son bras.

— Je ne pense pas ! Cette autre petite cloche que vous entendez tinter nous dit que le dîner est prêt.

On leur servit une spécialité de l'île, l'*arroz con pollo :*

un plat complet constitué de riz très assaisonné et coloré par le safran, mélangé à des morceaux de poulet.

Maria se retira rapidement après le repas, préférant aller bavarder dans la cuisine. Jason se leva de table et guida Evy vers un canapé sous la véranda.

— Vous désirez du cognac ?

Evy sirota l'alcool de couleur ambrée, refermant ses mains en coupe autour de la rondeur du verre. Elle entendait une petite voix qui essayait de la prévenir. Un dîner arrosé de bon vin, du cognac... Que voulait-il vraiment comme dessert ? Elle ? Méfiance ! Il fallait qu'elle se tienne sur ses gardes pendant toute la soirée. Malgré son désir de se rapprocher de Jason Brown, d'avoir une vie sentimentale normale, elle n'était pas encore prête à avoir une aventure avec un homme... Pas avant d'avoir découvert pourquoi son mariage avec Franck avait échoué.

Elle soupira.

— Ce doit être agréable de vivre dans un endroit pareil. Préférez-vous le Texas ?

— Non. Chaque endroit a ses bons et ses mauvais côtés, mais pour moi il y a trop de monde au Texas. Je viens d'une grande famille, j'ai à Gatesville un père, quatre frères et trois sœurs.

— Vous préférez rester ici pour vous occuper de la plantation ?

Cela ne correspondait pas à l'image qu'elle se faisait de lui, et elle fronça le nez, ce qui le fit éclater de rire.

— Non, je ne me lance pas dans le retour à la terre. C'est un passe-temps pour moi de gérer la plantation, mais c'est mon quartier général. Je dirige les affaires que la famille possède dans les Caraïbes, ainsi que quelques autres qui me sont propres. J'ai une usine pétro-chimique sur l'île. La famille a une raffinerie à Arruba, elle contrôle une chaîne de banques dans toutes les Caraïbes.

30

— Oh !

Ce fut le seul commentaire qu'Evy put émettre. Un millionnaire... Elle lança au hasard :

— Vous êtes l'aîné de la famille ?

— En effet. Comment l'avez-vous deviné ?

— J'ai lu quelque part que l'aîné d'une famille avait tendance à devenir autoritaire.

— Oh ! J'en conclus que vous n'êtes pas l'aînée chez vous !

— Moi ? Je suis l'aînée et la cadette. Je suis orpheline depuis l'âge de six mois. Je n'ai jamais connu mes parents, jamais su si j'avais des frères et sœurs. L'Assistance Publique m'a placée dans plusieurs familles successivement, jusqu'à l'âge de dix-sept ans. A ce moment ils m'ont donné vingt-cinq dollars et m'ont souhaité bonne chance... Je vous envie.

— C'est pourquoi vous vous êtes mariée si jeune ?

— Je le suppose. J'ai rencontré Franck deux mois après mon dix-septième anniversaire. J'avais l'impression d'avoir gagné le gros lot !

— Vous avez dû beaucoup l'aimer.

Oui, elle aurait dû l'aimer... Pourquoi l'avait-elle changé en cet être monstrueux ? Ce devait être de sa faute, elle devait être responsable de ce désastre. Le verre de cognac glissa de ses mains nerveuses, se brisa sur le sol. « Tiens ta langue, se dit-elle, reste sur tes gardes ! » Mais la combinaison du vin, du clair de lune et de la présence de cet homme avait vaincu sa méfiance. Elle eut l'impression que sa propre voix venait de très loin :

— Je le haïssais. J'ai eu de la chance... Il s'est tué avant de me tuer !

Jason se leva d'un bond.

— Vous le haïssiez ?

— Oui. Il disait que... Il disait...

« Mon Dieu, se dit-elle, je ne peux pas répéter ce

31

qu'il disait. Je n'y arrive pas ! » Elle avala convulsive-
ment sa salive, essuya une larme qui se formait au bord
de ses yeux. Elle voulait tant qu'il comprenne !

— Il disait que je n'étais pas une épouse satisfaisante.
Il a commencé à me battre. Nous avons vécu ensemble
pendant trois mois. Finalement, j'ai obtenu la séparation de corps. C'était la fin du rêve de Cendrillon. Un
jour où j'étais sortie, il est venu avec un camion. Il a
emporté tout ce qu'il y avait dans la maison, tout sauf les
vieilleries du grenier !

Elle se leva brusquement, frémissante, prête à s'enfuir. Jason vint vers elle et enveloppa son corps tremblant dans le havre de ses bras. Elle se débattit
éperdument pendant quelques secondes, puis s'abandonna, se blottissant contre lui. Petit à petit, ses frissons
se calmèrent, elle s'apaisa.

Elle murmura, la bouche contre sa poitrine :

— Je ne sais pas pourquoi je vous ai dit cela. Pendant
des années, j'ai réussi à me taire. Pourquoi vous le
raconter aujourd'hui ?

— Parce que c'est aujourd'hui. A cause du chien
enragé, des cambrioleurs, du vin que vous avez bu...

La voix grave et douce de Jason communiqua sa
sérénité à l'esprit agité d'Evy. Il eut un geste tendre
pour caresser ses cheveux défaits.

« C'est aussi à cause de vous, se dit-elle, parce que
vous êtes chaleureux, rassurant, compréhensif... et
peut-être un tout petit peu à cause du cognac. Mais
surtout à cause de vous. Si j'avais le courage de tenter
un second mariage, je vous choisirais. Malheureusement, je ne suis pas encore prête. Si j'avais pu vous
rencontrer une année plus tard ! »

— Vous ne pleurez plus ?

Elle renifla, s'écarta légèrement de lui pour pouvoir le
regarder.

— Non. J'ai l'impression d'avoir passé la journée

entière à pleurer, et toujours sur votre épaule. Je crois que j'ai sali votre chemise.

— Ne vous inquiétez pas de cela. J'en ai d'autres.

Il passa un bras autour des épaules d'Evy, la conduisit de nouveau au bord de la véranda, au-dessus de la treille aux fleurs nocturnes. Le clair de lune inondait le jardin de lumière argentée, jouait sur l'eau doucement agitée du petit étang, dans les tiges grimpantes du bougainvillée, sur les pétales nacrés des *campagnas de luna*.

Il parla d'un ton grave :

— Il ne faut pas que le souvenir d'un seul homme empoisonne l'idée que vous avez de la vie. Votre mari ressemble à un personnage de mauvais roman. Vous avez certainement rencontré d'autres hommes pour vous le démontrer.

Evy enfouit son visage contre sa poitrine, essayant de cacher son émotion.

— Je ne suis sortie qu'avec un seul garçon avant Franck, avec personne d'autre ensuite. Je crois... Je voudrais...

Il l'encouragea à continuer :

— Vous voudriez ?

— Je voudrais pouvoir reculer dans le temps. Avoir de nouveau seize ans, ma vie à construire.

— Vous le pouvez peut-être... Savez-vous ce que je voudrais, moi ?

— Non.

— Je voudrais pouvoir vous embrasser sans être défiguré pour la vie !

Elle s'écarta lentement de lui, mais resta dans le cercle réconfortant de ses bras. Le visage expressif de Jason était ambigu : un léger sourire relevait les coins de sa bouche, ses yeux étaient sombres sous des sourcils froncés. Evy n'avait jamais été embrassée que par un seul homme, Franck, et ses baisers donnaient un avant-goût de sa nature violente. Pourtant...

33

Elle s'entendit dire d'une petite voix tremblante :
— Je crois que c'est possible.

Jason se pencha sur elle, lui cachant la lumière de la lune. Doucement, tendrement, ses lèvres chaudes effleurèrent sa joue, puis sa bouche. Elle ferma les yeux. Graduellement la pression des lèvres de Jason s'accrut. Elle voulut se dérober, commença à dire quelque chose, mais à la minute où la caresse insistante entrouvrit sa bouche, elle oublia l'existence du monde ; son esprit et son corps s'enfiévraient d'une chaleur nouvelle. Elle crut flotter entre le ciel et la terre pendant ce qui lui sembla être une éternité. Elle s'accrocha désespérément à lui quand il releva la tête ; le sol se dérobait sous ses pieds.

Il chuchota à son oreille :
— Je crois qu'il vaudrait mieux que vous alliez vous coucher, madame Hart.

Elle était trop bouleversée pour comprendre ; elle s'éloigna de lui à pas tremblants, osa un regard en arrière. Il avait une expression sombre et songeuse, comme s'il regrettait de l'avoir renvoyée. Il dit enfin :
— Nous parlerons demain.

Elle fit un vague geste en signe d'acquiescement, puis tituba jusqu'à sa chambre.

3

Evy s'était attendue à une nuit d'insomnie dans ce lit étranger. Tout au contraire, la brise fraîche de la montagne qui soulevait les rideaux chassa de son esprit les peurs et les cauchemars.

Le matin éclaboussa la fenêtre de soleil. Elle se réveilla lentement, savourant la naissance de ce jour nouveau comme jamais auparavant. Elle distinguait les bruits de préparatifs et de conversations qui montaient de la cuisine, accompagnés d'une délicieuse odeur de bacon grillé. Un souvenir refit surface : un homme l'avait embrassée, et elle avait trouvé cela très agréable ! Elle sourit en se levant, se dirigea vers la salle de bains.

Elle exécuta les gestes rituels de sa coiffure. C'était une cérémonie, instituée par le psychiatre de l'hôpital comme une sorte de méditation, qui avait toujours une action bienfaisante sur ses nerfs. Elle brossait ses cheveux pendant dix minutes, puis les tressait en deux longues nattes qu'elle fixait ensuite en chignon.

Son estomac criant famine, elle abrégea la cérémonie, posa quelques épingles au hasard pour tenir ses nattes, s'habilla. Elle suivit le chemin que lui indiquait son odorat, traversa le living-room, aboutit sur la véranda où une petite table avait été dressée. Deux hommes y étaient assis, occupés à avaler leur petit déjeuner avec un bel appétit. Jason leva les yeux de son assiette et sourit à Evy. Il se leva, fit quelques pas vers elle.

— Madame Hart, quelle délicieuse apparition! Joignez-vous à nous pour le petit déjeuner.

Evy sourit en retour et se dirigea avec lui vers la table. L'autre homme les attendait, debout à côté de sa chaise. Jason fit les présentations :

— Jaime Mendoza, Mme Evelyn Hart. Jaime est le régisseur de la plantation. Il est aussi texan que moi : né à Porto Rico, il a fait des études au Texas.

— Enchanté, madame.

Le régisseur avait parlé sans aucune trace d'accent espagnol. Pendant qu'on remplissait son assiette d'œufs au bacon, Evy prit le temps de l'examiner. Il était plus petit que Jason. Ses cheveux raides, coiffés avec soin, étaient aussi noirs que sa petite moustache. Ses bras paraissaient incroyablement musclés, ses yeux pétillaient d'humour. Evy le détailla tout à loisir : elle n'osait pas regarder Jason. Elle avait peur de l'effet que provoquerait en elle la vue de cet homme.

— Vous semblez préoccupée...

Evy secoua la tête en signe de dénégation et se pencha vers son assiette. Elle le sentait fixer sur elle un regard perçant. Elle tenta d'échapper au pouvoir de ces yeux pénétrants en se rejetant contre le dossier de sa chaise pour examiner la charpente ancienne du toit de la véranda. Et là, juste au-dessus de sa tête, accroché à une poutre, elle vit un être monstrueux. Incapable d'identifier la nature de cette chose, elle repoussa sa chaise, sauta sur ses pieds et se mit à crier.

— Qu'y a-t-il ?

Jason fut auprès d'elle en une seconde, la prit dans ses bras. Elle ne put que lui désigner la chose du doigt.

Il soupira.

— C'est Pedro. Calmez-vous, c'est juste un gecko, un lézard. Calmez-vous !

Elle réussit à articuler quelques mots.

— Mais... Mais il est dans la maison !

Il répondit en riant :

— Je l'espère bien ! Nous avons eu du mal à l'habituer à rester ici. Allons, ne pleurez plus !

Il la serra contre lui et lui montra le lézard qui marchait lentement vers le bord du toit.

— Vous... vous l'avez habitué à rester ? On dirait... un dragon de film fantastique. Je... je suis encore en train de salir votre chemise.

— Ce n'est pas grave. C'est fini maintenant ?

Elle renifla, s'essuya les yeux avec le mouchoir qu'il lui avait tendu.

— Oui. Je me suis de nouveau rendue ridicule, n'est-ce pas ? Qu'est-ce que c'est que ce lézard ?

— Pedro attrape les mouches, les moustiques, toutes sortes d'insectes nuisibles. C'est un membre très utile de la famille. Vous vous sentez mieux ?

« Bien sûr, je me sens mieux, se dit-elle. Qu'importe ce lézard, je me retrouve encore dans ses bras. C'est justement ce que je voulais éviter. Allons, Evy, garde tes distances et ton sang-froid ! »

— Oui, je vais très bien maintenant.

Ses pieds refusaient de lui obéir, elle n'arrivait pas à s'arracher à cette force rassurante. Ses cheveux s'étaient détachés, deux longues tresses pendaient dans son dos. Après être restée immobile quelques secondes de plus qu'il n'était nécessaire, elle se détacha de lui, s'installa de nouveau devant son petit déjeuner.

Evy sirota son café pendant que les deux hommes établissaient le programme de leur journée. Jason se tourna brusquement vers elle.

— Vous aimeriez peut-être visiter le domaine ? Savez-vous monter à cheval ?

— Oh oui !

Effectivement, elle avait essayé quand elle avait huit

ans. Elle faisait le tour du parc au pas pendant que quelqu'un tenait la bride ! Elle ajouta :

— Mais je n'ai plus beaucoup d'entraînement.

Ce n'était pas vraiment un mensonge, n'est-ce pas ? Après tout, même si c'en était un, il lui permettrait de passer un moment avec Jason ; la fin justifiait les moyens.

Il interrompit ses pensées :

— Jaime, pourriez-vous demander à l'un des hommes de nous seller des chevaux ? Minuit, évidemment, et peut-être la petite jument baie ?... Madame Hart, Jaime se rend à San Juan aujourd'hui. Voulez-vous qu'il vous rapporte quelque chose de la ville ?

— Non, non merci. Mais j'aimerais... Il faudrait que j'aie ma table à dessin et mon matériel. Je ne dois pas me mettre trop en retard dans mon travail.

— Cela ne pose pas de problème. Vous préparerez une liste de ce dont vous avez besoin, puisque vous resterez un certain temps ici. Pour le moment, allez chercher un sombrero ; vous le demanderez à Delfinia, la gouvernante de la maison. Vous aurez besoin d'un chapeau pour notre promenade. Rendez-vous à la porte d'entrée dans... disons quinze minutes ?

— Bien.

Evy avait répondu aimablement, mais cela ne correspondait pas avec son humeur. « Oui, monsieur. Bien, monsieur. Dois-je me prosterner et embrasser le sol à vos pieds ? Mon Dieu, que cet homme est donc arrogant ! « Allez chercher un sombrero »... Pourtant, elle fit exactement ce qu'il lui avait ordonné.

La promenade à cheval fut une épreuve bien plus rude qu'elle ne s'y attendait. Quand on leur amena leurs chevaux, elle fut sidérée de voir combien ils étaient grands. Ceux qu'elle avait montés dans son enfance ne dépassaient pas l'épaule d'un adulte ; ceux-ci lui semblaient d'une hauteur démesurée. Jason se mit en selle d'un mouvement plein d'aisance. Evy contempla son étrier avec perplexité, se demandant comment diable elle allait pouvoir lever le pied aussi haut.

— Vous avez un problème ?

Elle leva les yeux vers lui. Il ressemblait tout à fait à un cow-boy de cinéma. Avant qu'elle ne trouve une réponse, il descendit de cheval, marcha vers elle, la saisit par la taille et la posa sur la selle comme un vulgaire sac de pommes de terre. Elle s'agrippa désespérément à la selle de style western, large et confortable, pendant qu'il réglait les étriers et y introduisait ses pieds.

— C'est... c'est très haut, vraiment. Que dois-je faire avec ces... ces lanières ?

— Mais... Vous m'avez dit que vous aviez déjà monté !

— C'est vrai. Quelqu'un marchait devant et tenait la bride. Je ne sais pas comment diriger un cheval.

Jason éclata de rire, attirant l'attention des hommes qui travaillaient à côté de la maison.

— Si vous passez votre temps à vous moquer de moi, il vaudrait mieux que je fasse mes bagages !

L'expression raide et chagrinée d'Evy interrompit le rire de Jason.

— Je ne voulais pas me moquer de vous. Vous sentiriez-vous insultée si je menais votre cheval ?

— Insultée ? J'ai cru mourir de peur à l'idée de devoir le diriger moi-même !

Ils se mirent en route au pas tranquille des chevaux, se frayant un passage entre les rangées de plants de café, soigneusement alignées sous de grands arbres. Jason expliqua :

— Le café est plus parfumé quand il a mûri à l'ombre, mais cela nécessite davantage de temps et de travail. C'est notre problème principal ; les pays concurrents payent très peu leurs ouvriers, tandis que nous devons respecter le salaire minimum national.

Les commentaires de Jason intéressaient Evy, mais elle avait des difficultés à se concentrer : elle ne parvenait pas à maintenir ses pieds dans les étriers, la selle était glissante. Elle se sentit soulagée quand ils descendirent de leurs montures au sommet d'une crête pour contempler le paysage.

Elle avoua en évitant de le regarder :

— J'ai un peu peur des serpents.

— Et aussi d'à peu près tout ce qui existe au monde, je crois. Je ne me rappelle pas avoir jamais rencontré une femme ayant autant de phobies que vous. Il n'y a pas de serpent sur cette île.

Sans doute lui-même ne connaissait-il pas la peur... Je parie que vous n'avez jamais eu peur de rien. En tout cas, la présence de cet homme était rassurante : s'il y avait eu des serpents, ils n'auraient pas osé s'approcher de lui !

— Vraiment ?

— Il fut un temps où l'activité principale de Porto Rico était la culture de la canne à sucre ; les champs étaient infestés de rats et de serpents. Un planteur a pris l'initiative d'importer plusieurs couples de mangoustes, venant d'Inde et de Jamaïque. Depuis, les serpents ont presque disparu ; la mangouste est la reine de l'île. L'espèce s'est répandue très rapidement, n'ayant pas d'ennemi naturel ici. Venez, je voudrais vous montrer quelque chose.

Evy le rejoignit en haut d'un rocher. Jason passa un bras autour de ses épaules, étendit l'autre pour lui désigner une trouée dans la forêt qu'ils dominaient. On pouvait voir dans le lointain la mer des Caraïbes que le vent couvrait d'écume.

— Regardez cette petit tache blanche, là-bas, près de la mer. C'est votre maison à Playa de Santiago.

40

Elle soupira, se laissa aller contre lui. Il l'entourait maintenant de ses deux bras. Elle se perdit dans un rêve éveillé. L'air était chargé du parfum des milliers de fleurs de café fraîchement écloses ; derrière eux, deux geais se disputaient en jacassant. Tout cela s'évanouit quand il la tourna doucement face à lui pour l'embrasser. Ce fut un baiser tendre et tranquille, moins violent que celui de la soirée précédente.

Ils furent de retour vers l'heure du déjeuner et partagèrent un repas léger après lequel Jason alla s'enfermer dans son bureau. Evy se retira dans sa chambre pour y faire une sieste bien méritée.

Au moment où elle s'éveillait, elle entendit le rugissement d'un hélicoptère. Elle apprit quand elle fut levée que Jason était parti avec lui, ayant des affaires à régler. La journée lui parut tout à coup moins belle.

Elle dîna avec Maria et Delfinia puis partit aussitôt se coucher.

Convaincue qu'elle s'endormirait dès que la lumière serait éteinte, elle prit une douche, passa une légère chemise de nuit, se coucha sous la grande moustiquaire... Le sommeil ne vint pas.

C'était peut-être les rayons de la lune, filtrant à travers les volets à claire-voie, qui l'empêchaient de s'endormir ; elle se leva pour aller regarder par la fenêtre. Le vent agitait la cime des grands arbres, mais Evy ne sentait aucune fraîcheur. La sensation de la sueur qui ruisselait sur son corps lui devint insupportable. Elle enfila un peignoir et sortit de sa chambre.

Elle descendit la volée de marches qui menait à la piscine, suivit un sentier dallé qui en faisait le tour. Le vent faisait voler les pans de sa chemise de nuit, communiquant à la jeune femme une euphorique impression de liberté. Elle virevolta, les bras au-dessus de la tête, riant de plaisir quand la jupe s'envola autour

41

d'elle. Attirée par l'eau, elle se laissa tomber au bord de la piscine, trempa le bout de ses orteils dans l'eau.

Elle était si froide qu'elle en retira prestement ses pieds. La piscine était alimentée par un ruisseau venant du sommet des montagnes qu'elle avait admirées pendant la promenade du matin. Elle releva ses genoux sous son menton et les entoura de ses bras.

Après un moment, elle alla contempler la treille aux fleurs nocturnes. Captivée, elle n'entendit pas un léger bruit de pas derrière elle. Un bras la saisit, une main se plaqua sur sa bouche. Elle resta paralysée pendant un instant.

Son immobilité fut de courte durée. Elle était peureuse, cela ne faisait aucun doute, elle était la première à l'admettre. Mais la peur déversait dans ses veines un flot d'adrénaline qui multipliait ses forces. La main qui essayait de se maintenir sur sa bouche glissa un peu, assez pour lui permettre d'écarter les mâchoires. Avec l'énergie du désespoir, elle planta ses dents dans la partie charnue de la paume les y enfonça le plus profondément qu'elle le put. Elle se retrouva libre.

Elle n'eut pas besoin de crier, il s'en chargea à sa place. Affolée par la douleur, il tournait sur lui-même, tenant devant lui sa main ensanglantée. Ses cris éveillèrent la maison toute proche. Evy vit les fenêtres s'illuminer, éclairant confusément la silhouette d'un autre homme qui se jetait sur elle, les bras tendus pour la saisir. Elle plongea de côté pour l'éviter, releva ses jupes le plus haut possible et fila comme une flèche vers la maison.

L'homme réussit par un détour rapide à lui barrer le chemin. Sans réfléchir, elle changea de direction, se dirigea vers le haut de la colline, perdit ses mules en se frayant un chemin dans un bosquet d'orangers et de citronniers plantés au-dessus du groupe de bâtiments de la plantation.

42

Elle entendait derrière elle un bruit de pas précipités, de respiration haletante, comme si son poursuivant s'essoufflait, mal entraîné à la course. Mais il la talonnait toujours.

Elle chercha du regard un chemin dégagé, n'en aperçut aucun. Seul l'instinct de survie dirigeait Evy. Plutôt que de courir plus longtemps dans le noir, elle choisit un gros arbre et se terra du côté opposé à celui d'où venait le bruit de pas. Elle se figea, la tête penchée ; elle avait lu quelque part que la tache plus claire du visage trahissait souvent les fugitifs dans l'obscurité. Les pas arrivèrent à sa hauteur, hésitèrent, puis repartirent vers le sommet de la colline. Evy retenait sa respiration. La lune disparut derrière les montagnes, la nuit devint d'un noir d'encre.

Les cris de l'homme près de la maison s'étaient tus. On l'avait réduit au silence, ou... Etait-il lui aussi à sa poursuite ? Celui qui l'avait dépassée n'était pas revenu. Pas encore ! Elle entendit une voix en contrebas, dans la maison, aussi nettement que si elle avait été toute proche. C'était la voix de Maria, rendue suraiguë par l'anxiété.

— J'ai regardé dans sa chambre, señor. Elle n'y est pas ! Elle est partie !

« Lève-toi et retourne en bas ! » s'ordonna-t-elle. Elle réussit à étendre ses bras et ses jambes contractés, à se hisser sur ses pieds. Ses jambes tremblaient, la soutenaient à peine. Elle entendit un autre bruit de pas. Quelqu'un gravissait la colline, venant droit sur elle.

Sa raison perdit tout contrôle de ses actes, la peur la submergea. Elle s'enfuit au hasard à travers le petit bois. Ses cheveux et sa chemise de nuit flottaient derrière elle dans sa course éperdue, lui donnant l'apparence d'un fantôme au milieu des arbustes odorants. Elle réussit à éviter les troncs d'arbres, mais les cailloux acérés entaillaient la plante de ses pieds nus.

Seule la peur la soutenait. « Cours, lui criait une voix intérieure, cours ! »

Elle déboucha dans un champ de café, se réfugia dans l'ombre du feuillage.

Elle s'essoufflait. Quand elle se heurta de plein fouet à un obstacle, elle n'avait plus la force ni le courage de continuer à s'enfuir. Elle se laissa lentement glisser vers le sol boueux. Elle se sentit soulevée et entourée par des bras puissants dont elle reconnut le contact rassurant.

Jason caressa la tête blonde abandonnée contre lui, parla avec douceur.

— Allons, allons. Tout va bien. Nous l'avons attrapé. C'est fini.

Maintenant qu'il était enfin là, elle laissa libre cours à ses larmes qui allèrent mouiller le torse nu de Jason. Alors qu'elle se blottissait dans ses bras, elle s'aperçut qu'il n'était vêtu que d'un short. Cela le rendait en quelque sorte plus réel, plus protecteur. Elle se pressa contre lui, tout contre la sécurité qu'il savait si bien lui apporter. Il la berça jusqu'à ce que ses sanglots s'apaisent.

— Alors, plus de larmes ?

Elle balbutia :

— Il y avait un autre homme. Il m'a poursuivie jusqu'ici. Il...

— Tout va bien. Six hommes sont en train de fouiller la montagne avec nos chiens. S'il est encore là, il sera pris. D'accord ?

— D'accord.

Ils restèrent silencieux un instant, puis Evy chuchota :

— Je suis tellement peureuse... Quand j'étais jeune, je pensais que mon enfance à l'assistance publique m'avait endurcie plus que quiconque, mais aujourd'hui un rien me terrorise. Que veulent-ils de moi ?

— Je l'ignore. Mais nous trouverons. Vous feriez mieux de rester avec moi tant que l'énigme ne sera pas

44

résolue. La solution doit être facile à trouver, mais je ne l'ai pas découverte... Pas encore ! Je vous promets que rien de ce genre ne vous arrivera plus. Vous me croyez ?

Il souleva son menton du bout d'un doigt. Il faisait si sombre qu'elle ne le voyait pas. Elle caressa son visage.

— Je vous crois.

Elle aurait cru n'importe quoi, à ce moment-là. N'importe quoi, tant qu'il la tenait contre lui, la protégeant du monde entier. Si seulement elle pouvait rester dans le refuge de ses bras pour toujours !

— Retournons vers la maison.

Elle fit un pas hésitant en avant. Son pied se prit dans une liane rampante. Elle s'accrocha à lui, le déséquilibrant. Ils tombèrent tous les deux sur la terre bien ratissée du champ de café. Jason tâta rapidement les jambes d'Evy pour voir si elle s'était blessée ; sa main rencontra le sang poisseux qui s'écoulait des coupures accumulées par la fuite aveugle de la jeune femme.

— Je ne m'étonne pas que vous ne puissiez pas marcher, madame Hart.

Il la souleva dans ses bras, continua d'une voix calme :

— Et je ne peux pas continuer à vous appeler madame Hart, pas après cette journée folle.

Elle se sentit brusquement intimidée.

— Non, bien sûr... Mes amis m'appellent Evy.

— Suis-je un de vos amis... Evy ?

Elle était assez près de son visage maintenant pour voir son sourire, l'éclat malicieux de son regard, la mèche de cheveux noirs qui lui tombait sur le front. Elle la remonta d'un doigt, passa ses deux bras autour de son cou et lui donna un petit baiser.

— Est-ce là un baiser amical ?

Il la poussait dans ses retranchements. Dans quelle mesure devait-elle être franche ?

— Pas exactement. Mais vous pouvez tout de même m'appeler Evy.

Il eut un petit rire et commença à avancer à travers les arbres. Elle se détendit, se laissa bercer par la sensation agréable du mouvement des muscles de ses épaules. Il s'arrêta un instant pour assurer sa prise. Evy caressa doucement l'endroit de sa joue qu'elle avait si cruellement griffé la veille. Il fit mine en riant de lui mordre la main. Ils repartirent.

— Comment savez-vous où nous sommes ?

Jason s'arrêta de nouveau, pencha la tête pour embrasser le nez d'Evy.

— Je connais ce domaine comme le fond de ma poche, jeune femme.

Elle leva vers lui un visage souriant.

— Dans ce cas, comment se fait-il que nous ne voyions pas les lumières de la maison ?

— Parce qu'elle est entièrement dissimulée par les arbres qui l'entourent, et ensuite parce qu'il y a une panne d'électricité, comme d'habitude.

— Puis-je vous demander alors où nous sommes exactement ?

— Si vous voulez le savoir, nous sommes tout près de la piscine. Nous allons trouver un sentier qui nous mènera directement à la maison.

— Je ne suis pas trop lourde ?

Il soupira, la laissa glisser sur le sol.

— J'aurais aimé que vous ne disiez pas cela. Au cinéma, les héros peuvent porter la jeune fille qu'ils ont sauvée pendant des kilomètres. Hélas, je ne suis qu'un homme ordinaire. Ne bougez pas pendant que je reprends mon souffle.

— Je pourrais essayer de marcher.

— Vous avez déjà assez heurté mon orgueil de mâle. Vous allez rester tranquillement dans mes bras, et vous

46

serez arrivée à bon port en un éclair. Nous sommes juste à quelques pas de la piscine.

Il la reprit dans ses bras et fit un grand pas en avant, alors qu'ils riaient ensemble. Elle l'entendit pousser un juron étouffé, se sentit basculer, tomber avec lui dans une eau noire et profonde.

Le contact saisissant de l'eau la fit réagir immédiatement. Elle rejoignit la surface avec une longue brasse. La tête de Jason émergeait juste à côté d'elle quand elle partit rapidement vers le bord. Il la devança au moment où elle atteignait les marches, lui tendit la main alors qu'elle essayait de dégager ses jambes prises dans le tissu mouillé de sa chemise de nuit.

Ils s'assirent sur le bord, sentant dégouliner autour d'eux l'eau glacée venue de la montagne. Evy rejeta ses cheveux en arrière. Elle claquait des dents.

— Cela va être une grande première médicale. Je serai la seule personne à mourir gelée dans un pays tropical.

Il eut un rire grelottant.

— Mais j'avais raison, n'est-ce pas ? Admettez que j'avais raison ?

— A propos de quoi ?

— J'ai dit que nous étions à quelques pas de la piscine.

— Vous êtes un homme précieux.

Elle se serra contre lui. Même trempé et glacé, il réussissait à être réconfortant. Il l'étreignit. Sa main explora la finesse de la taille d'Evy à travers le tissu plaqué par l'eau, puis alla découvrir la rondeur de ses hanches.

Evy n'était pas sûre de pouvoir supporter les sensations qu'il éveillait en elle. Elle suggéra :

— Si nous prenions le chemin dont vous avez parlé, avant d'attraper une pneumonie ?

— Vous n'êtes qu'une rabat-joie. Pourquoi êtes-vous si pressée ? Nous serons secs dans quelques minutes.

— Certainement, et nous aurons pris froid.

— Ne m'interrompez pas, raisonneuse. Qui sait, nous trouverons peut-être une activité qui nous réchauffera ? Avez-vous quelque chose d'urgent à faire à la maison ?

« Voilà le moment de l'épreuve de force, se dit Evy, se sentant triste tout à coup. Il fallait que cela arrive… Mais pourquoi si tôt ? Juste quelques jours de plus, peut-être un seul, et j'aurais trouvé assez de courage pour… pour cela. » Elle soupira.

— Oui, répondit-elle. Je dois réfléchir sur ce qui se passe dans ma vie, arriver à y voir clair.

4

La journée avait été trop longue pour Evy. Quand ils se couchèrent enfin, après être revenus à la maison, s'être séchés, avoir bu un grog, il était plus de trois heures du matin. Elle s'abattit sur son lit, épuisée, et n'ouvrit pas les yeux avant que le vacarme des oiseaux à l'extérieur ne l'y oblige.

A cet instant, Maria entrait dans la chambre avec un plateau de petit déjeuner.

Evy s'étira avec précaution.

— Je suis pleine de bleus et de courbatures. Chaque partie de mon corps me fait mal.

Maria s'affaira dans la pièce, posa le plateau sur une table près de la fenêtre.

— Hier a été une dure journée pour vous. Ah, ces oiseaux ! Ils font tellement de bruit !

— Ce n'est pas grave. J'aime bien les pigeons, ils sont sympathiques.

Maria tourna la tête vers la fenêtre.

— Ce ne sont pas des pigeons, ce sont des oiseaux moqueurs. Delfinia dit qu'ils ont envahi la plantation. Ils mangent les graines de café, se disputent dans les arbres, imitent tout ce qu'ils entendent... Des oiseaux fous !

Evy alla s'asseoir doucement dans le fauteuil près de

49

la fenêtre. La plante de ses pieds était toujours sensible, mais la douleur était supportable.

— Je comprends pourquoi j'ai des bleus sur le haut du corps et sur les jambes, mais pourquoi ai-je tant de mal à m'asseoir ?

L'esprit pratique de Maria trouva aussitôt la réponse :

— A cause du cheval. Que voulez-vous porter cet après-midi ?

— Cet après-midi ? Occupons-nous d'abord de la matinée !

— La matinée est déjà terminée. Ah, ces continentaux ! Vous vous levez à l'heure de la sieste !

Maria eut un grand sourire attendri ; Evy lui dit impulsivement :

— Vous êtes une mère pour moi.

— *Madre de Dios, no !* Votre grand-mère, mais pas votre mère. Je suis trop vieille pour cela, *linda*. Maintenant, mangez. Le señor nous a demandé, à moi et à Delfinia, de bien vous nourrir. Il voudrait que vous soyez moins maigre.

— Eh bien, vous lui direz que je suis bien assez grosse à mon propre goût. Que fait-il en ce moment ?

— Il travaille dans son bureau. Vous devriez le lui dire vous-même : quand un homme s'inquiète parce qu'une femme ne mange pas assez, c'est qu'il vaut mieux ne pas intervenir entre eux. Il aime que ses femmes soient plus… confortables, vous comprenez ?

— Comment le saurais-je, Maria ? Je ne suis pas une de ses femmes.

Evy s'efforçait de paraître indifférente aux goûts de Jason, mais elle ne résista pas longtemps à son envie de rire. Maria secoua la tête avec tristesse. Ces Nord-Américaines avaient oublié des choses de première importance, dans leur lutte pour l'égalité et l'indépendance. Comment plaire à un homme, par exemple. Elle renifla avec ostentation.

50

— Oh, j'ai oublié de vous le dire... Quelqu'un attend : Ramón. Vous vous le rappelez ? Je ne sais pas pourquoi il ne réussit pas mieux dans la police, c'est un bon garçon. Mais ce n'est pas mon petit-fils qui attend, c'est le policier. Pas besoin d'efforts de toilette pour un policier.

— Et pour votre petit-fils ?

Evy attaqua en riant son petit déjeuner. Maria sortit du placard une robe chemisier blanche.

— Que dites-vous de cette tenue ? Elle est entre les deux.

— Entre les deux ?

— Entre une tenue coquette pour mon petit-fils et une qui ne l'est pas pour le policier.

Plutôt que de laisser attendre Ramón, Evy brossa rapidement ses cheveux et se fit une queue de cheval. Elle trouva le jeune homme assis sur la véranda en compagnie de Jason.

Il se leva et s'inclina légèrement. Jason, qui était déjà debout, imita la courbette de Ramón avec un clin d'œil à Evy.

— Cette nuit a été une longue épreuve pour vous, soupira Ramón. Vous vous sentez bien ?

— Très bien.

Ramón sortit de sa poche stylo et carnet de notes.

— C'est parfait. Donc... L'homme qui vous a attrapé la nuit dernière s'appelle Fuentes. C'est un Cubain, un gangster de second ordre. Il est inculpé de coups et blessures et de tentative d'enlèvement. L'autre croit nous avoir échappé ; il s'est réfugié dans la montagne. C'est un citadin, nous le prendrons bientôt. Connaissez-vous ce Fuentes ?

— Le connaître ? Bien sûr que non. Comment connaîtrais-je un individu pareil ?

— Vous soulevez un problème intéressant, madame Hart. J'ai demandé des renseignements à la police de

Cleveland ; ils n'ont aucun souvenir de Mme Hart. Qu'en dites-vous ?

Elle n'avait pas réfléchi en donnant son nom. Evidemment, Mme Hart n'existait pas pour les policiers de Cleveland. Mais qu'est-ce que cela avait à voir avec ce Fuentes ? « Méfie-toi, pensa Evy. Il ne faut pas faire de confidences aux policiers. Tout ce que tu dis pourra être utilisé contre toi au tribunal ! »

— Je... je n'en sais rien.

Jason lui prit la main, la caressa doucement. Ramón reprit :

— Ce que vous devez dire, c'est votre vrai nom, madame Santuccio. Car c'est votre vrai nom, n'est-ce pas ?

Il semblait inutile de lui cacher quoi que ce soit.

— Oui, Evelyn Hart Santuccio.

Le sergent referma son carnet d'un geste sec.

— Votre mari, madame Santuccio, était membre du Syndicat de Cleveland, c'est-à-dire de la Mafia. Le saviez-vous ?

— S'il vous plaît, ne m'appelez pas ainsi. Je n'ai pas utilisé ce nom depuis plus de deux ans. Ce n'est pas illégal pour une veuve de garder son nom de jeune fille !

Il répondit doucement, voyant qu'elle se raidissait pour s'empêcher de trembler :

— Non, bien sûr. Sauf si c'est dans un but malhonnête... Connaissiez-vous les activités de votre mari ?

— Oui, à la fin. Il servait de messager. Il se croyait très important, mais il ne l'était pas.

— Nous cherchons juste un indice, madame. Votre mari faisait partie du réseau de Cleveland, votre maison est surveillée par des membres du réseau cubain, on a tenté de vous enlever. Tout coïncide.

Jason intervint :

— Voulez-vous dire qu'Evy a quelque chose à voir avec la Mafia ?

52

— Si je savais ce qu'il en est, tout serait résolu. En tout cas, vous veillerez à ce qu'elle soit bien protégée, en permanence ?

— Evidemment. Jaime et deux hommes de la plantation viendront habiter dans la maison aussi longtemps que nécessaire.

— Ne soyez pas trop sûr de vous. Les nouvelles vont vite sur cette île. Vous avez déjà contrarié leurs plans une fois. Restez vigilant. *Adios...*

Ramón s'éclipsa. Jason se dirigea vers la porte de son bureau.

— J'ai de gros problèmes avec des investissements à Grenade. Vous devriez passer l'après-midi à paresser au bord de la piscine.

Evy jeta un coup d'œil dans le bureau par la porte entrouverte, y découvrant des télétypes, des radios, deux larges écrans de télévision. Jason suivit son regard.

— C'est une salle de télécommunication. Je suis relié par câble et satellite à chaque succursale des sociétés de la famille dans les Caraïbes, et aussi à un grand ordinateur que nous avons à San Juan. C'est grâce à ce système que je peux vivre à la campagne. Qu'en dites-vous ?

Evy sourit, amusée par son expression triomphante.

— C'est du chinois pour moi. Puis-je aller à la piscine maintenant ?

— Bien sûr. Elle est chauffée par des panneaux solaires pendant la journée. Maintenant, filez chercher un maillot de bain et disparaissez, Evy Hart.

Il la poussa doucement vers sa chambre, referma sur lui la porte de son bureau.

« Autant pour toi, Evy Hart, se dit-elle. Je ne suis qu'une présence distrayante pour ses moments de liberté. Il ne faut surtout pas mélanger les sentiments et les affaires ! »

Le bain lui fit retrouver son calme. Les panneaux

solaires étaient très efficaces ; l'eau atteignait presque la température de l'air. Evy fit quelques longueurs de brasse, sentit que ses muscles et son esprit se détendaient. Elle sortit de l'eau pour aller s'allonger dans une chaise longue, se protégea le visage avec un chapeau et des lunettes de soleil. Elle ne tarda pas à s'endormir.

Elle se réveilla à peu près une heure plus tard : une ombre lui cachait le soleil. Elle repoussa le bord de son chapeau, ouvrit un œil. Une femme très élégante se tenait debout devant elle. Evy réussit à reprendre ses esprits, se leva, lui tendit la main.

— Bonjour, je suis Evelyn Hart.

La femme était plus grande qu'Evy ; elle avait un style de beauté très espagnol, avec un teint pâle mis en valeur par des yeux et des cheveux sombres. Elle portait des chaussures aux talons ridiculement hauts, des bagues à chaque doigt, sauf à l'annulaire gauche.

— Alors c'est vous, la petite blonde avec qui Jason s'amuse cette semaine.

Sa voix était profonde, douce, mélodieuse.

— Eh bien... Je... je ne dirais pas cela.

Evy avait répondu faiblement ; elle ne savait jamais comment réagir devant une attaque directe. Dans un instant, elle trouverait une réponse cinglante, mais il serait trop tard.

La voix de la femme brune se fit coupante.

— Moi, je le dirais. Je suis Francisca de Molinaro. Vous avez entendu parler de moi ?

— Je viens d'arriver... Non, je n'ai pas entendu parler de vous.

— Dommage. Ce n'est pas bien de la part de Jason. Entre autres choses, je suis sa fiancée.

— La fiancée... Vous et Jason... devez vous marier ?

— Ah, vous êtes surprise ? Oui, nous nous marierons très bientôt. Mais cela ne devrait pas vous préoccuper.

54

Je crois que vous l'êtes déjà. Vous êtes bien madame Hart ?

— Oui.

« Et alors ? se dit-elle. De toute façon cela ne pouvait être qu'une aventure sans lendemain. Ce n'est pas comme si je l'aimais vraiment et que je veuille vivre avec lui pour le reste de mes jours, n'est-ce pas ? Jason est à cette femme, elle vient le réclamer. S'il était à moi, je ne le laisserais pas s'amuser avec une « petite blonde » ! Mais elle ne porte pas de bague de fiançailles... Je n'ai aucune raison de la croire. »

Pourquoi n'arrivait-elle pas à la croire ? Parce que... parce qu'elle aimait vraiment Jason et qu'elle voulait vivre avec lui pour le reste de ses jours, justement !

Ayant admis ce fait, Evy était prête à accepter le défi de cette jeune femme. Elle semblait avoir l'âge de Jason, trente ans, peut-être trente-cinq. Seul un maquillage parfait dissimulait de petites rides autour de la bouche et des yeux. Evy prit l'initiative.

— Voulez-vous vous asseoir ? Je vais appeler Delfinia pour qu'elle nous apporte à boire.

— Ne vous dérangez pas. Je connais cette maison comme la mienne. J'ai déjà demandé ce que je souhaitais.

— Parfait.

Evy chercha désespérément quelque chose à ajouter. Francisca lui adressa un sourire impersonnel et se laissa tomber avec grâce dans une chaise longue.

— Maintenant, madame Hart, parlez-moi de vous.

C'était un ordre, auquel Evy n'avait aucune intention d'obéir. Tout ce que les autres connaissaient d'elle pouvait leur servir d'arme. Maria fit son apparition avec un plateau.

— Pour la señora, un *Cuba libre*. Pour vous, *mariposa*, un jus d'orange. Et faites attention, ne restez pas trop longtemps au soleil !

La vieille dame sourit et se retira.

— Vous autorisez les domestiques à vous parler de cette façon ?

— Maria n'est pas une domestique. C'est ma *dueña*. Que veut dire *mariposa* ?

— C'est un nom qu'on donne aux petits enfants. Cela signifie papillon. Une femme mariée n'a pas besoin d'une *dueña*... Est-ce une parente ?

Evy répondit avec un rire ironique.

— Oui, c'est une proche parente. C'est ma grand-mère.

Fransisca eut un sourire froid, calculateur, et but une gorgée de son verre.

— Vous feriez mieux de vous taire, plutôt que de mentir. Je vous connais, madame Hart, puisque vous vous faites appeler ainsi. Je sais que vous êtes née et que vous avez grandi à Cleveland, dans l'Ohio. Cette femme ne peut pas être votre grand-mère. Vous vous êtes aussi mariée à Cleveland. Pauvre homme ! Que lui avez-vous fait pour qu'il se suicide ?

Evy sursauta.

— Quoi ? Que voulez-vous dire ? Se suicider ? Mon mari est mort dans un accident. Et comment savez-vous cela ?

— Oh, nous savons beaucoup de choses sur vous, madame Hart. Alors, comment vous êtes-vous arrangée pour qu'il en arrive là ?

— Mon Dieu, vous êtes monstrueuse ! Même si c'était vrai, vous n'auriez pas le droit de me parler sur ce ton !

— Pas le droit ? Vous vous êtes introduite dans la maison de mon fiancé grâce à une histoire à dormir debout, en prétendant avoir besoin de protection. Dans quel but êtes-vous ici, madame Santuccio ?

Evy se leva précipitamment et s'enfuit vers la maison, le visage baigné de larmes. Que lui avait-elle fait pour qu'il veuille se suicider ? Elle s'était déjà si souvent posé cette terrible question... Elle se jeta sur son lit en pleurant.

Maria la trouva dans le même état quand elle entra dans la chambre pour annoncer le dîner.

Quand elle descendit dans le living-room, Jason, Jaime et Francisca prenaient l'apéritif. Francisca portait une robe bustier blanche ajustée comme une seconde peau, avec un splendide collier d'émeraudes. Evy jeta un coup d'œil à sa robe, trop grande pour elle depuis qu'elle avait maigri, à son pauvre collier de fausses perles. Elle fut tentée de remonter dans sa chambre, mais Jason se dirigeait vers elle.

— Evy, je voudrais vous présenter une amie de la famille, Francisca de Molinaro. Francisca était dans la même classe que ma sœur. Elle va rester quelques jours parmi nous.

— Miss de Molinaro et moi nous sommes déjà rencontrées à la piscine cet après-midi.

Les deux femmes se fusillèrent du regard, sans que Jason le remarque.

Jaime s'approcha d'eux. Il salua Evy, mais ne semblait intéressé que par Francisca.

— Il y a une *fiesta* demain soir à Ponce. Nous pourrions tous y aller, je suis sûr que cela plaira à Mme Hart.

Francisca lui adressa un regard étrange, puis sourit.

— C'est une bonne idée. Il y a longtemps que je n'ai pas dansé.

Jason l'interrompit :

— Mme Hart ne quittera pas la plantation, du moins pour le moment... Pouvons-nous passer à table ?

Il offrit son bras à Francisca qui était la plus proche de lui. Evy vit de la déception dans le regard de Jaime qui lui proposa quand même le sien. Quel beau couple de perdants, se dit-elle alors qu'ils marchaient vers la table.

57

Pendant tout le dîner, Francisca persista à évoquer avec Jason de vieux souvenirs, excluant Evy de la conversation. Jaime essaya d'y participer mais renonça rapidement. Il se consacra à l'éducation d'Evy en matière de culture du café. Evy, de son côté, tenta de faire bonne figure ; Jason, absolument passionné, semblait boire les paroles qui s'écoulaient de la bouche ravissante de Francisca.

Ce ne fut qu'au dessert que la dédaigneuse beauté espagnole changea de sujet :

— Vous devez nous excuser, mais il y a fort longtemps que nous n'avons pas eu l'occasion de parler à bâtons rompus, Jason et moi. Je suis si occupée à San Juan, vous savez... Une vraie maison de fous. Vous êtes bien placée pour savoir ce que je veux dire quand je parle de maisons de fous, madame Hart.

L'insinuation frappa Evy de plein fouet. « Que dois-je répondre ? Oui, mes meilleurs amis sont ce que vous appelez des fous. J'ai rencontré à l'hôpital psychiatrique plus de bon sens et de compassion qu'à l'extérieur. » Mais comment avait-elle appris cela ? Evy n'en avait jamais rien dit à personne... Il ne lui fallut qu'un seul regard sur le visage délicat de Francisca pour être certaine qu'elle savait, que ses paroles n'avaient pas été lancées au hasard. Evy décida de riposter.

— Il est parfois difficile de savoir si certaines personnes qui nous semblent normales doivent être enfermées ou laissées en liberté, n'est-ce pas ?

— Il en est peut-être ainsi dans l'Ohio, mais pas ici.

Jason intervint :

— Comment sais-tu qu'Evy vient de l'Ohio ?

Francisca rentra aussitôt ses griffes.

— Oh, on me l'a dit, ou je l'ai lu sur une bande dessinée. Je suis une de vos lectrices assidues, madame Hart.

— Cela ne m'étonne pas ; elles sont faites pour les

enfants, mais lues par beaucoup d'adultes. Avez-vous eu de la peine quand Alfred l'éléphant est mort ?

— Oh oui, beaucoup. C'était un personnage si attachant...

Evy triomphait. Il n'y avait jamais eu d'éléphant dans ses bandes dessinées. A quel jeu jouait Miss de Molinaro ?

— Prenons le café à l'intérieur, proposa Jason.

Ils se levaient pour se rendre dans le living-room quand Delfinia apparut, le visage soucieux.

— On vous appelle à la radio. C'est à propos d'un accident à la raffinerie.

— J'y vais tout de suite. Il faudrait que vous veniez avec moi, Jaime. Laissons ces dames prendre leur café en bavardant.

Quelle belle soirée en perspective ! pensa Evy, qui suivit Francisca à regret.

Delfinia apporta le café sur un plateau. D'après son expression, elle avait pour Francisca une aversion aussi grande que celle d'Evy. Elle sortit de la pièce comme si le diable était à ses trousses.

Francisca servit le café avec des gestes assurés de maîtresse de maison. Evy accepta la tasse qu'elle lui tendait, y tourna sa cuillère, en but une gorgée. Il y eut un long silence, au bout duquel Francisca posa sa tasse, se pencha en avant pour observer Evy.

— Avez-vous réfléchi à notre conversation de cet après-midi ?

— A propos de votre mariage avec Jason ?

— Il n'y a pas à réfléchir à ce sujet. C'est un fait. Nous attendons seulement le moment propice.

— D'après ce que vous avez dit à table, vous n'avez pas vu Jason depuis longtemps, n'est-ce pas ?

— Nous ne vivons pas enchaînés l'un à l'autre, nous avons l'esprit ouvert. Jason est un homme très occupé, vous avez dû vous en apercevoir. Je n'ai moi-même pas beaucoup de temps libre.

— Que faites-vous exactement ?

— J'ai une maison de couture dans la capitale, à San Juan.

— C'est très intéressant. Vous créez vous-même ce que vous vendez ?

— Oui, je crée les modèles et ils sont vendus pour moi par des boutiques. De temps en temps, je fais une présentation en portant moi-même les nouveautés, juste pour rester en contact avec la clientèle.

Une fois de plus, Evy ne trouva aucune réponse appropriée. Elle marmonna entre ses dents :

— Quelle bonne idée.

Francisca paraissait très satisfaite d'elle-même.

— N'est-ce pas ? Et bien sûr, quand Jason et moi serons mariés, j'aurai de meilleurs résultats, à cause de l'influence de sa famille, vous comprenez. Nous sommes très proches ; comme vous l'avez entendu, Lucy et moi sommes allées à l'école ensemble. Chez les religieuses, évidemment.

— Evidemment.

Mais que diable pouvait-elle trouver à dire ? Elle maudit son manque de sens de la répartie. Si seulement elle découvrait une faille dans l'armure de Francisca !

Elle lança d'un air innocent :

— Vous savez, tout cela a l'air aussi irréel qu'un conte de fées. Peut-être est-ce parce que vous ne portez pas de bague de fiançailles...

— Pauvre enfant innocente ! Je vois tout ce que vous avez imaginé ! Vous pensez que Jason est follement amoureux de vous, juste parce qu'il vous a fait boire du vin, qu'il vous a embrassée et couchée dans son lit ! Vous rougissez ? Mais tout cela est vrai, n'est-ce pas ? Il n'est absolument pas possible qu'une personne de votre condition s'intègre au milieu auquel nous appartenons,

Jason et moi. Absolument impossible. Vous comprenez bien que votre obstination ne vous apporterait que des désagréments, et à Jason également le jour où il devrait se débarrasser de vous. Pourquoi ne renoncez-vous pas, madame Hart ? Jason est à moi, et j'ai l'intention de rester ici aussi longtemps qu'il le faudra pour décourager les petites opportunistes dans votre genre qui essaieraient de me le voler. Pourquoi ne pas retourner chez vous ?

Evy ne se laissa pas démonter.

— C'était une belle tirade, Miss de Molinaro. Mais vous n'avez quand même pas de bague de fiançailles.

Francisca soupira.

— Pauvre enfant !... Laissez-moi vous expliquer : nous, les Portoricains, avons une culture double, l'américaine et l'espagnole. Dans la culture espagnole, des fiançailles sont officialisées par le don d'un bracelet et non pas d'une bague. Un bracelet comme celui-ci.

Sa main glissa négligemment sur son poignet droit, pour faire tourner un bracelet d'or massif incrusté de diamants. La lumière fit scintiller les facettes des pierres. Evy fixait le bracelet, fascinée, pendant que Francisca triomphante continuait à jouer avec les reflets. Etait-ce vrai, les fiançailles étaient-elles annoncées par un bracelet chez les Espagnols ? Dans ce cas, Jason suivrait-il la tradition espagnole plutôt que l'américaine ? Les mains d'Evy tremblaient sur les accoudoirs de son fauteuil. Bien sûr, cela pouvait être vrai ; c'était sans doute vrai. Pour la seconde fois de la journée, Evy abandonna la lutte et s'enfuit. Elle courut en sanglotant vers sa chambre, manquant de renverser Jason qui passait dans le couloir, poursuivie par le son cristallin du rire victorieux de Francisca.

Ce rire résonnait toujours à ses oreilles bien longtemps après qu'elle eut claqué la porte derrière elle.

5

Evy se réveilla tôt, ce matin-là. La chambre était inondée de soleil, les oiseaux moqueurs se chamaillaient sous la fenêtre. Pour la première fois depuis son arrivée à « *El Semillo* », elle avait le temps et l'envie d'examiner la pièce. Elle était grande, sans excès ; les murs couverts de boiseries polies par le temps luisaient doucement dans la lumière du matin. Le plancher était du même bois sombre. Le lit à colonnes, supportant la moustiquaire, était assorti d'une table de nuit aux sculptures compliquées. Une immense descente de lit trônait à ses pieds. Un grand bureau, deux placards, quatre chaises complétaient le mobilier. A travers une fente minuscule dans la porte d'un placard, Evy vit la lumière de l'ampoule électrique qui y brûlait en permanence pour combattre la moisissure causée par l'humidité.

Elle se leva d'un bond, pleine d'énergie et d'une surprenante bonne humeur. « Les larmes n'arrangent pas les choses, se dit-elle, mais au moins elles procurent un sommeil reposant ! » Elle se posta devant le miroir pendu au-dessus du bureau. Pour la première fois depuis des années, elle examina Evelyn Hart.

La jeune femme qu'elle découvrait était presque une étrangère. Les fossettes étaient toujours présentes, mais elles étaient devenues deux points minuscules dans un visage aux lignes épurées, presque trop mince. Ses yeux agrandis et son front lisse lui donnaient une beauté qu'elle n'avait jamais décelée auparavant. Elle fit courir une de ses mains sur sa joue, se pinça pour voir si elle ne rêvait pas. « Evy, se dit-elle, ne sois donc pas si enthousiaste à propos de ta propre image ! »

Un bruit d'ustensiles monta de la cuisine. Son estomac se mit aussitôt à crier famine. Elle salua son reflet en lui envoyant un baiser, se précipita dans la salle de bains.

La pièce était petite et ultra-moderne ; un grand miroir couvrait entièrement l'un des murs. Elle ôta sa chemise de nuit, régla la température de la douche en s'observant dans la glace. La silhouette dodue dont elle gardait le souvenir avait disparu ; elle pouvait compter ses côtes sur la peau presque translucide de son torse. Sa taille déjà fine s'était encore creusée. Ses hanches s'épanouissaient gracieusement, sans un atome de graisse inutile. Seule sa poitrine n'avait pas changé, haut placée, ferme et pleine, mise en valeur par la sveltesse du reste de son corps.

Elle soupira. Sa poitrine, et ses cheveux, c'étaient tous les avantages qui lui restaient maintenant, se dit-elle. Heureusement qu'elle ne cherchait pas à se procurer un mari. Il faudrait qu'elle en trouve un qui ne craigne pas de s'écorcher en la touchant !

Elle riait encore, occupée à démêler la masse humide de ses cheveux, quand Maria frappa à la porte.

— *Buenos dias, linda.* Voilà encore une belle matinée. La saison des pluies est bien terminée, le printemps est arrivé !

— C'est difficile de s'habituer à un printemps qui commence en février...

— Oh, vous apprendrez. Don Jason vous invite à prendre votre petit-déjeuner avec lui, et à vous promener à cheval ensuite, s'il vous plaît. Il a insisté pour que je répète bien « s'il vous plaît ». Que dois-je répondre ?

Evy se sentit euphorique. Jason avait dit « s'il vous plaît »... Au diable la belle Francisca de Molinaro !

— Répondez-lui « Oui, merci beaucoup ».

Elle écarta la robe qu'elle avait choisie, passa un jean et un chemisier blanc. « N'oublie pas le sombrero », se disait-elle gaiement en se dirigeant vers la véranda.

Jason était seul à table. Il tint la chaise à Evy avant de se rasseoir.

— Vous mangerez bien quelque chose de consistant ce matin ? Oeufs, jambon, pain, haricots ?

— J'adore le pain qu'on mange sur cette île, mais pourquoi des haricots ? Aussi loin que je m'en souvienne, on m'a servi des haricots à tous les repas. Quelle drôle de coutume !

— C'est une coutume née de la pauvreté des habitants. Du riz aux haricots, ou si vous préférez des haricots au riz, c'est le plat national.

Evy se jeta sur son assiette avec un appétit d'ogre. C'était encore à cause de sa crise de larmes de la veille ! Elle devrait écrire un livre intitulé *Comment perdre du poids en pleurant*. Cela aurait un succès fou.

Elle leva les yeux et regarda Jason. Il était un spectacle à lui tout seul. Si stable, tranquille, inébranlable comme le roc ! « On dirait qu'il sait ce qu'il fera jour par jour pendant les cinquante prochaines années, se dit Evy. Si seulement il pouvait me donner un peu de sa confiance en soi ! »

Elle avala la dernière gorgée de son jus d'orange, se leva et rejeta derrière son dos ses deux longues tresses. Il ne lui avait pas paru indispensable ce matin de les relever.

Jason fit le tour de la table, s'approcha d'elle, lui dit doucement :

— J'aime quand vous portez vos cheveux de cette

65

manière. Je crois que ce serait encore mieux si vous les laissiez libres. Où est votre sombrero ?

Pour une raison mystérieuse, la remarque de Jason avait blessé Evy. Elle répondit sèchement :

— Mon chapeau est sous ma chaise. Je coiffe mes cheveux de cette façon parce que je les préfère ainsi. De plus, ils s'envolent et s'emmêlent quand ils sont lâchés. Je crois qu'il faudra que je les fasse couper très bientôt.

Il marmonna quelque chose, s'éloigna vers la porte. Evy aurait voulu savoir ce qu'il avait dit, mais elle n'osa pas lui demander de répéter. Elle le suivit, admirant sa façon de marcher, sa souplesse féline, son... Elle se heurta de plein fouet au dos de Jason qui s'était arrêté devant la porte. Il ne dit pas un mot, se retourna juste vers elle avec une lueur dans le regard qu'elle ne réussit pas à interpréter.

La douce jument baie qu'elle avait montée la première fois l'attendait à l'extérieur. Jason se hissa avec légèreté sur la selle de Minuit, l'étalon noir, qui semblait nerveux. Jason regarda du haut de sa monture Evy diriger maladroitament son cheval pour le placer à côté du marchepied qu'on avait placé là pour elle. Elle réussit à se mettre en selle sans trop de mal.

Jason lui tendit les rênes de la jument.

— Tenez, prenez-les de cette façon.

Il les plaça dans les mains d'Evy.

— Maintenant, asseyez-vous en arrière de la selle, oubliez toutes les règles d'équitation dont vous avez pu entendre parler. Restez assise, utilisez vos genoux et profitez de la promenade.

— Je vais la diriger toute seule ?

La voix d'Evy était mal assurée.

— Vous n'êtes pas seule... La jument va se diriger aussi. Elle suivra l'étalon. Détendez-vous.

— Cela doit être impressionnant de tomber de cette hauteur !

66

— Plus vous pensez cela, plus vous aurez des chances de vraiment tomber. Essayez d'avoir des pensées plus positives. Fixez vos yeux sur l'horizon, ne vous occupez pas du sol.

— Bien, chef.

— Pardon ?

— J'ai dit : « Oui, j'espère que je ne vous ennuie pas. »

Ils se mirent en route. La jument Perdita marchait avec grâce sur les pas de l'étalon, Evy se perdit dans la contemplation du paysage. Ce fut seulement au moment où Evy voulut aller voir un caféier de plus près que la petite jument montra qu'elle n'était pas si docile qu'elle en avait l'air. Perdita avait fermement l'intention de rester dans le sillage de Minuit, quoi qu'en pense la créature insignifiante qui la montait.

Evy cria dans la direction de Jason :

— Comment dois-je faire pour qu'elle s'arrête ?

Jason immobilisa sa monture après un demi-tour.

— Tirez sur les rênes. Soyez ferme, il faut qu'elle comprenne que c'est vous qui commandez.

Evy essaya. Perdita ralentit pendant quelques pas, puis se remit en route.

— Vous devez avoir l'air plus convaincu.

Evy leva la tête pour regarder Jason. Il s'était mis à l'ombre d'un buisson, avait libéré un de ses pieds de l'étrier et l'appuyait au pommeau de la selle, tout en allumant une cigarette.

Evy tira un peu plus fort sur les rênes, parla doucement à l'oreille de la jument.

— Allons, allons, ma belle.

Perdita fit la sourde oreille.

— Maudit cheval, vas-tu t'arrêter !

Ils avaient déjà rattrapé l'étalon. La jument s'arrêta net, assez brusquement pour projeter Evy en avant de sa selle.

— Sale bête !

Elle libéra ses deux pieds des étriers et se laissa glisser de l'incroyable hauteur du cheval.

— Il faut seulement que vous soyez ferme. Pourquoi vouliez-vous descendre ici ?

Evy répondit avec irritation. Après tout, c'était son cheval, il était responsable de ses agissements.

— Je ne voulais pas descendre ici. Je voulais descendre là-bas et ce... cet animal a refusé de s'arrêter ! On dirait que c'est un autobus ! On ne peut descendre qu'aux arrêts autorisés ! Et c'est à vous que ce fichu cheval appartient !

Il ignora l'allusion faite à sa responsabilité dans cette affaire.

— Vous êtes jolie quand vous vous mettez en colère. Vous voulez continuer maintenant ?

Elle soupira, soudain calmée.

— Je ne sais pas. Je... je ne crois pas que je puisse remonter. C'est si haut...

— Ce n'est pas un problème.

Il mit pied à terre rapidement, se dirigea vers Evy. Elle ne savait pas si elle devait s'enfuir, se débattre ; finalement elle resta immobile. Il entoura sa taille de ses grandes mains qui en faisaient presque le tour, la souleva du sol. Il arrêta son mouvement à mi-course et la tint suspendue en l'air un instant, les jambes ballantes, le cœur affolé. Il lui fit un grand sourire, l'embrassa doucement... Elle se retrouva assise sur sa selle, essoufflée, abasourdie. « Heureusement que je suis assise, pensa-t-elle, autrement je tomberais ! Comment peut-il me bouleverser ainsi, dans quel but le fait-il ? Tout cela ne plairait pas à Francisca... » Elle fut si contrariée à cette idée qu'elle ne put s'empêcher d'en faire part à Jason.

— Francisca ? Pourquoi me parlez-vous de Francisca ? Si elle avait été à votre place, cela lui aurait sans doute fait plaisir. Et vous, cela vous a-t-il plu ?

La question prit Evy au dépourvu.

— Euh... Oui, certainement. Mais Francisca n'en serait pas ravie.

— Sans doute... Il faudra que je lui pose la question un de ces jours.

Evy frémit à cette idée.

— J'aimerais mieux que vous ne fassiez pas cela. Elle est déjà assez dressée contre moi, je ne crois pas que j'en supporterais davantage.

— Ah, c'est pour cela que vous vous enfuyiez hier soir !

— Elle est... très proche de vous, n'est-ce pas ?

Pour rien au monde Evy n'aurait prononcé le mot « fiancée ». C'était un mot trop important. Elle ne voulait pas savoir, du moins pour le moment.

— Oui. Francisca et moi nous connaissons depuis notre enfance. C'était l'amie de ma sœur, elles étaient inséparables.

Evy n'insista pas davantage ; elle laissa Perdita suivre l'étalon noir qui commençait à gravir la colline. Ils se promenèrent au hasard le long des rangs de caféiers. Jason descendait rarement de cheval, mais s'arrêtait souvent. Evy lui demanda finalement :

— Que regardez-vous ?

— Tout et rien. C'est l'époque de la floraison. J'observe les tiges saines, la quantité de fleurs, l'état des feuilles et des pétales, les abeilles. Parfois nous devons passer tous les champs à l'insecticide, mais cela ne paraît pas nécessaire cette année. Cela va nous permettre de réduire les frais généraux.

Ils étaient arrivés en haut d'une crête, tout près de l'endroit où ils avaient contemplé le paysage lors de leur première promenade. Jason mit pied à terre, aida Evy à faire de même. Il laissa les chevaux vagabonder à leur gré.

— Ils ne s'éloigneront pas. J'ai emporté un petit pique-nique. Cet endroit vous convient-il ?

Elle regarda autour d'elle. La crête ne faisait pas partie des hauts sommets de l'île, mais permettait de découvrir de vastes étendues luxuriantes à perte de vue. Evy demanda, surprise :

— On ne voit presque pas les villages, n'est-ce pas ?

— C'est parce qu'ils sont pourvus de grands arbres dont le feuillage les cache. Si vous traversiez les montagnes et que vous regardiez vers le nord, ce serait différent, vous verriez de grandes villes. Sur l'autre versant, c'est la partie américaine de Porto Rico. De ce côté, c'est encore Borinquen.

— Je ne comprends pas.

Il lui répondit avec sérieux :

— Borinquen est le nom que les Indiens donnaient à cette île. C'est le pays des valeurs traditionnelles, des petits villages, le pays verdoyant. Il y a aussi le Porto-Rico moderne de San Juan et de ses zones industrielles.

— Mais tout cela va changer, n'est-ce pas ? On ne peut pas conserver le Porto Rico du dix-neuvième siècle au milieu du vingtième !

— Je ne sais pas. Peut-être avez-vous raison. Vous savez comment cela se passe : l'homme essaie de faire de son mieux, et tout tourne mal. Porto Rico en est un exemple. N'êtes-vous pas ennuyée par une conversation si sérieuse ?

— Pas du tout.

Evy déballa le contenu du panier de pique-nique qu'il avait apporté.

— Bien. Revenons en arrière, avant la Seconde Guerre mondiale. Près de quarante pour cent de la population était composée d'agriculteurs, qui n'obtenaient pas de très bons résultats. Il y avait sur l'île de la malnutrition, une mortalité infantile très élevée, la malaria faisait des ravages. Aussi décida-t-on de l'industrialiser, après la guerre, quand l'île a eu le premier gouverneur portoricain. Les entreprises qui voulaient s'installer ici étaient encouragées par des exonérations fiscales et des subventions du gouvernement. La population des agriculteurs est tombée à vingt pour cent, les usines se sont installées, surtout des usines pétrochimiques. Puis il y a eu une période de récession économique mondiale, le gouvernement a supprimé les avantages accordés aux entreprises ; la plupart ont fait faillite. C'est là où nous en sommes aujourd'hui. Au lieu d'avoir un problème de chômage rural, nous avons un problème de chômage industriel. Cinquante pour cent de la population ne vit que grâce aux subventions du gouvernement. De nombreux Portoricains doivent s'exiler vers le reste des Etats-Unis pour gagner leur vie.

— Et si vous fermiez la plantation, cela ferait autant de chômeurs en plus.

— Sans aucun doute. Vous savez, le sucre a été à une époque la principale ressource de l'île ; maintenant, les seules usines sucrières qui fonctionnent encore appartiennent au gouvernement. Ils ne les conservent que pour procurer des emplois. La situation des plantations de café est à peine meilleure ; en fait, il n'y en a qu'une sur toute l'île qui n'ait pas été déficitaire l'année dernière. Enfin... occupons-nous du jour présent, ne pensons pas à demain.

— C'est ma règle de vie depuis des années : je ne pense jamais au lendemain. Voulez-vous un autre sandwich ?

Ils terminèrent rapidement leur repas, puis s'allongèrent sur un lit moelleux de fougères pour faire la sieste. « Je commence à bien m'intégrer dans ce pays, pensa Evy en s'installant confortablement. Dès que quelqu'un parle de sieste, mes yeux se ferment. » Elle s'endormit.

Elle se réveilla avec l'impression étrange d'avoir un oreiller sous la tête. Elle repoussa son large sombrero pour regarder autour d'elle. Elle était allongée sur les fougères, comme lorsqu'elle s'était endormie, mais sa tête reposait sur les genoux de Jason. Elle voulut se relever ; une main ferme sur son épaule l'en empêcha.

— Ne soyez pas si pressée.

Elle se laissa aller, attendant de voir la tournure que prendraient les événements. Jason jouait avec ses longues tresses. Un vol d'hirondelles passa dans le ciel, les bambous bruissaient dans le vent. De petits nuages fugitifs devant le soleil dessinaient sur le paysage une mosaïque d'ombre et de lumière.

Bercée par la quiétude des bruits et des odeurs fleuries, Evy tomba dans un demi-sommeil abandonné. Un instant plus tard, elle fut brusquement tirée de sa rêverie. La main de Jason, auparavant immobile sur son épaule, s'était déplacée pour aller caresser son cou, le lobe de ses oreilles, puis se dirigeait doucement vers sa poitrine. Evy retint son souffle, attendant que la menace se précise. Les doigts au contact chaud sur sa peau explorèrent le haut de sa poitrine, arrêtés par le bouton qui fermait son corsage. Evy lutta pour contrôler sa respiration précipitée, mais ces mains continuaient doucement à faire renaître des idées et des souvenirs depuis longtemps oubliés. Elle sentit des doigts défaire le bouton, les pans de son chemisier s'écartèrent. La panique et le désir qui tempêtaient en elle maintinrent ses paupières fermées.

L'attache de son soutien-gorge tomba. Maintenant les mains de Jason entouraient ses seins fermes, les caressaient. La violence des sensations qu'elle ressentait fit se raidir Evy. Tout son corps se tendit vers Jason. Il ne pouvait plus ignorer le désir que ces caresses éveillaient en elle… Cette pensée en amena une autre, le souvenir de Franck, à côté d'elle dans leur lit, faisant les mêmes gestes, recherchant la même chose... Ce qui venait ensuite éclata devant ses yeux en couleurs violentes. Quand la main de Jason voulut défaire la ceinture de son pantalon, la peur la domina entièrement, elle roula sur elle-même pour échapper à ses souvenirs torturants.

Il la regarda, stupéfait.

— Qu'y a-t-il ?

Elle essaya de rajuster ses vêtements, s'efforçant de contrôler ses doigts qui refusaient de lui obéir.

— Je... Non...

Il se leva, franchit les quelques mètres qui les séparaient.

— Voyons, Evy, vous êtes une grande fille maintenant, vous n'ignorez pas que les gens font ce genre de choses. Cela ne vous a pas manqué pendant deux ans ?

Il voulut la toucher, elle rabattit sa main violemment. Elle se releva, le visage rouge de colère et de peur. Jason l'approcha de nouveau, elle recula.

— Qu'avez-vous ?

— C'est à cause de vous ! Pourquoi avez-vous tous la même idée ? Vous pensez que parce que je suis veuve, je brûle de me mettre au lit avec n'importe qui ! Je vais vous dire une chose, monsieur Brown : je ne veux pas de vos mains sur moi, ni de celles de quiconque. Si jamais j'avais besoin d'un homme, je le choisirais moi-même !

A ce moment, la colère était plus forte que la peur. Elle fit face à Jason, déterminée à se défendre si cela se révélait nécessaire.

— Très bien. J'ai compris. Je n'insisterai pas. Je vais chercher les chevaux.

Elle le suivit des yeux alors qu'il descendait la pente pour rejoindre les chevaux qui paissaient à quelques mètres de là. La colère d'Evy se calmait, la peur reprenait le dessus. Etre seule sur une montagne avec un homme était une situation dangereuse ; mais l'être

73

avec un homme qu'elle venait juste de repousser était plus inquiétant encore. Elle se rappelait parfaitement l'unique fois où elle avait repoussé Franck. Ce jour-là, il l'avait étendue à terre d'un coup de poing. Tout était aussi net dans son souvenir que si cela lui était arrivé la veille.

Jason ramena les chevaux et tendit les rênes de Perdita à Evy sans un mot. Celle-ci tenta d'orienter l'animal de façon à profiter de la pente pour monter en selle plus facilement, mais cela ne fut pas suffisant. Elle essayait pour la troisième fois quand soudain une main saisit son talon et la projeta en l'air. La surprise déclencha chez la jeune femme une réaction à l'épreuve que ses nerfs avaient subi quelques minutes plus tôt : elle se mit à hurler. Elle atterrit sur la selle, plus par hasard que parce qu'elle l'avait voulu, agrippa le pommeau et une poignée de la crinière de Perdita. Elle criait toujours, égarée, hagarde.

Aussi douce qu'elle puisse être, la petite jument ne supporta pas cet assaut hystérique. Elle rua, pour la première fois depuis des années. Avant que Jason n'ait le temps de réagir, elle partit comme une flèche.

Evy ne pouvait rien faire d'autre que de s'accrocher de toutes ses forces. Elle se pencha en avant sur la selle, essayant désespérément de mettre ses pieds dans les étriers. Elle ne pouvait arrêter ce hurlement strident qui sortait de sa gorge, affolant davantage le cheval emballé qui plongea dans l'ombre d'un champ de café. Là les dangers étaient plus nombreux : le sol meuble s'enfonçait sous les pas de la jument, des branches se penchaient en travers du chemin. La jeune femme et le cheval dévalèrent la colline, poursuivis par l'étalon noir poussé par son cavalier.

La jument trébucha deux fois dans sa course éperdue, deux fois elle réussit à retrouver son équilibre. Pendant toute cette fuite cauchemardesque, Evy était en proie à une terreur que l'homme qui la talonnait ne pouvait imaginer. Toutes ses peurs à la fois assaillaient son esprit, les souvenirs que rien ne pourrait effacer, les longues nuits d'insomnie, les longues années de haine. Evy lutta autant qu'elle le put, mais son équilibre fragile céda complètement devant l'horreur. Ses cris maintenant étaient presque inaudibles. Elle restait accrochée à ce cheval dément, comme une créature sans âme, ayant perdu conscience de l'existence du monde.

Ainsi elle ne sentit aucune douleur quand la jument s'immobilisa brusquement, projetant sa cavalière dans un buisson.

Jason fut auprès d'elle en un instant, sauta de sa selle sans attendre l'arrêt de l'étalon. Il passa sur le corps tassé sur lui-même une main expérimentée, repérant la fracture du poignet d'Evy, s'assurant qu'elle n'avait à part cela aucune autre blessure que de multiples égratignures sur le visage.

Il prit avec précaution la jeune femme évanouie dans ses bras, regarda autour de lui.

La jument baie, calmée, était retournée à l'écurie. Minuit attendait patiemment à l'ombre des caféiers, les flancs couverts de sueur; Jason siffla pour appeler l'animal. Il examina le délicat visage ensanglanté d'Evy, furieux contre lui-même. Il évita soigneusement de heurter le poignet brisé alors qu'il étendait la jeune femme inanimée en travers de la selle. Une fois assis derrière elle, il la prit dans ses bras pour lui éviter les cahots du chemin.

Le voyage de retour lui parut interminable. Quand ils arrivèrent en vue des bâtiments de la plantation, les hommes, alertés par le retour de Perdita, les attendaient devant les écuries. Ils coururent vers Jason pour l'aider à descendre de cheval avec son fragile fardeau; il refusa de laisser un autre que lui la porter jusqu'à la maison.

Maria, attirée par le remue-ménage, se tenait à la

porte. La vieille dame dans sa vie avait déjà vu bien des accidents comme celui-ci. Elle se signa, courut à l'intérieur pour faire préparer un lit, mobilisant toute la maisonnée qui s'affaira bientôt en tous sens.

Jaime fut le seul à garder son sang-froid. Il téléphona à un médecin, le somma de venir à la plantation toutes affaires cessantes, expédia l'hélicoptère et son pilote pour que le voyage du docteur soit plus rapide.

Ils étendirent doucement Evy sur son lit, nettoyèrent ses égratignures. Maria grommelait des paroles confuses de reproche en espagnol ; Jason dit à Jaime :

— Elle a une fracture simple au poignet. Je vais rester avec elle jusqu'à ce que le docteur arrive. Vous vous occuperez des chevaux, *amigo* ?

— Bien sûr, patron.

Jaime quitta la chambre. Alors qu'il se dirigeait vers la porte de derrière, il surprit un mouvement dans le living-room et s'arrêta. Francisca de Molinaro se tenait près de la table, le téléphone à la main. Elle parlait avec un sourire satisfait. Dès qu'elle aperçut Jaime, elle interrompit la conversation, raccrocha, lui sourit.

— Mᵐᵉ Hart n'est pas trop gravement blessée ?

— Elle est en état de choc. Elle a un poignet cassé, des coupures et des égratignures. Cela t'intéresse-t-il vraiment ?

— Mais bien sûr, *querido*. Cela m'intéresse beaucoup. Les plans de Jason vont en être encore plus contrariés.

Elle avait répondu en riant. Jaime lui dit doucement :

— Qu'es-tu en train de manigancer ? Tu sais que Jason n'est pas pour toi. Moi, je t'attends. Tu as besoin de moi, Francisca, et pas de ces clowns avec qui tu es en relation à San Juan.

Elle le regarda de haut en bas.

— Oh, vraiment ? Peut-être as-tu raison, Jaime. Mais seulement peut-être.

Il secoua la tête, sortit de la maison. Francisca se laissa tomber sur le divan, alluma une cigarette, et se mit à rire comme elle ne l'avait pas fait depuis des années.

6

Evy était tombée dans un puits profond. Ses mains et ses pieds s'agrippaient faiblement aux parois pour essayer d'atteindre une lumière diffuse au-dessus d'elle. A chaque minute elle tentait de grimper, retombait au fond en pleurant. « Je dois sortir », se disait-elle, mais elle savait que c'était impossible. Elle était prisonnière de ce puits pour toujours.

Le troisième jour, elle atteignit cet état intermédiaire où l'esprit prend conscience de ce qui se passe à l'extérieur, sans pouvoir contrôler le corps.

Finalement, le quatrième jour, ce fut sa volonté qui la força à l'immobilité, les paupières closes. Son corps était rétabli, mais son esprit refusait de quitter le refuge où le monde ne pouvait l'atteindre.

Le lendemain, en se réveillant d'un sommeil profond, elle sentit une main sur la sienne. Elle glissa un regard furtif entre ses paupières. La pièce était inondée de lumière, Jason se tenait à côté du lit. Elle referma précipitamment les yeux.

Jason lui secoua la main.

— Je vous ai vue !

Evy commanda à son corps de ne pas réagir. Son nez se mit à la démanger d'une façon insupportable ; elle ne put s'empêcher de faire une petite grimace. Jason s'exclama sur un ton dramatique :

— On ne peut pas me tromper !

Evy ouvrit un œil. Jason était penché sur elle, occupé à lui chatouiller le nez avec une plume. Elle grogna :

— Ce n'est pas du jeu.

— Le docteur dit que vous faites semblant d'être inconsciente depuis vingt-quatre heures. Est-ce vrai ?

— Cela ne vous regarde pas !

Elle eut aussitôt des remords de sa réponse irritée.

— Oh, excusez-moi, je ne voulais pas dire cela. Comment va Perdita ?

— Ah ! Vous essayez de changer de sujet ! Perdita va très bien. Elle est revenue droit à l'écurie. Maintenant, avouez-moi tout : pourquoi ne vouliez-vous pas revenir parmi nous ?

Evy ne sut que dire. Quel soulagement ce serait, pensa-t-elle, de tout raconter à quelqu'un, sans aucune censure. Et pourquoi pas à Jason ? Il n'y avait personne au monde dont l'opinion soit aussi importante pour elle. Pourquoi pas lui ?

Elle commença à parler, précipitamment, essayant de ne pas réfléchir à ce qu'elle allait dire, heureuse de se libérer de ces mots.

— Je... Il faut que vous sachiez quelque chose à mon sujet. Un jour, j'ai été gravement blessée et terrifiée, je... ils m'ont emmenée dans un hôpital. Et...

— Un hôpital psychiatrique ?

— Oui. Je... J'avais ce qu'ils ont appelé une dépression. J'avais peur des gens, et de tout le reste. Ils m'ont emmenée, et... J'ai passé trois mois là-bas. J'avais tellement honte de ce que j'avais fait à Franck, je ne pouvais pas regarder les gens en face. Vous comprenez ce que je veux dire ?

Elle fixa sur lui de grands yeux implorants.

— Je comprends, Evy. Vous avez subi un choc, vous

avez eu une dépression nerveuse. Cela arrive à beaucoup de monde. Ce n'est pas très grave, mais on dirait que cela vous a rendu hypersensible.

— Oui. J'essaie de lutter, la plupart du temps...

— Et sur la montagne, je vous ai poussée trop loin, vous avez retrouvé toutes vos peurs, vous avez fui le monde encore une fois ?

— Oui. J'ai terrorisé ce pauvre cheval, uniquement parce que j'étais moi-même terrorisée. Sans aucune raison ! Vous devez penser que je suis une petite idiote, n'est-ce pas ?

Il la regardait gravement.

— Vous aviez beaucoup de raisons d'avoir peur. J'ai agi stupidement. Puis-je vous dire quelque chose de sérieux, Evy ?

— Oui, si vous voulez.

— Je désire de tout mon cœur que vous soyez à moi. Est-ce que cela vous surprend ?

— Je... Non... Ne me parlez pas ainsi, s'il vous plaît...

« Que puis-je lui dire ? pensa-t-elle. Que les hommes me font peur ? Il le sait déjà, mais il ne soupçonne pas à quel point. Il croit qu'il réussira à me faire sortir de mes cauchemars. *Je veux que vous soyez à moi,* c'est exactement ce que Franck avait dit. Mon Dieu, moi aussi je veux qu'il soit à moi, mais je n'ose pas, je n'ose pas !

Elle voulut s'écarter de lui. Les larmes montèrent à ses yeux tant tout son corps était douloureux. Son poignet et sa main droite étaient pris dans un plâtre. Un bandage recouvrait son front. Elle sentit avec sa main gauche des coupures fraîchement cicatrisées sur ses joues.

— Ne vous inquiétez pas. Votre visage sera complètement guéri dans une semaine au plus tard. Pour la fracture, ce sera plus long. Vous devez prendre deux cachets toutes les quatre heures. Pourrez-vous les avaler en restant couchée ?

— Oh non, je m'étranglerais.

Il sourit avec gentillesse, l'aida à se redresser à demi. Les pilules semblaient minuscules, mais elle ne put les avaler qu'à grand renfort de jus d'orange, tant sa gorge était sèche. Jason l'allongea de nouveau, lui déposa un petit baiser sur le front puis quitta la chambre.

« Il faut que je réfléchisse rationnellement, se dit-elle. Jason est attiré par moi ; je le savais depuis le début. Je sais qu'il m'attire également. Pourquoi ne me laisserais-je pas faire ? Francisca serait furieuse, et alors ? Maria serait sans doute choquée. Mais que veut-il exactement ? Il n'a pas prononcé le mot « mariage ». De toute façon, je ne suis pas encore prête à accepter de me marier. Je voudrais qu'il me le propose, mais je sais que je refuserais ! Je crois que pour le moment la situation est sans issue. Je vais profiter du temps où je resterai immobilisée dans ce lit pour retrouver mon courage aussi bien que mes forces, et nous verrons bien !

Elle s'endormit avec un sourire satisfait.

Les horloges de la maison sonnaient les coups de midi quand elle se réveilla. Francisca était assise auprès de son lit, feuilletant un magazine.

Ce fut le début d'une semaine où Francisca se montra pleine d'attentions pour Evy. Elle prenait plaisir à lui rendre de petits services, animait de son bavardage les longues heures d'inactivité.

Evy fut d'abord surprise, puis reconnaissante. Il ne lui était jamais arrivé d'être entourée de sollicitude pendant une convalescence. Elle était si heureuse de voir le changement d'attitude de Francisca à son égard qu'elle ne s'aperçut pas que la présence de la jeune femme avait pour résultat d'écarter Jason et Maria de la chambre. Il fallut une remarque acerbe de la gouvernante pour qu'elle en prenne conscience.

Evy protesta :

— Mais elle vous évite beaucoup de fatigue ! Elle semble contente de rendre service.

Maria refaisait le lit pendant qu'Evy profitait du soleil, installée dans un confortable fauteuil près de la fenêtre.

— Je ne suis ici que pour m'occuper de vous, *mariposa*. Ce n'est pas un travail épuisant. J'ai bien vu que la señorita vient vous voir dès que Don Jason est dans la maison. S'il sort, elle disparaît ; s'il revient, elle arrive comme par magie. Il ne peut jamais être seul avec vous.

— Eh bien... Je n'avais pas pensé à cela. Je croyais qu'il ne voulait pas rester seul avec moi parce que... Je ne sais pas pourquoi. Vous devez penser que je suis naïve, Maria.

— Non, vous êtes jeune. Mes petits-enfants m'ont dit qu'il y avait eu une révolution sexuelle dans le monde, mais vous en savez beaucoup moins que moi à votre âge à propos des hommes et des femmes. Où est la señorita aujourd'hui ?

— Elle est allée à Playa de Santiago pour me rapporter mon matériel de dessin. N'est-ce pas gentil de sa part ?

— Elle a les clés de la maison ?

— Evidemment.

— Elle est partie très tôt ce matin, n'est-ce pas ? Il est déjà quatre heures de l'après-midi. Pourtant, le voyage ne prend que trente minutes. Comment pourrez-vous dessiner avec votre plâtre ?

— Voyons, Maria. Vous savez bien que je suis gauchère ! C'est mon poignet droit qui est cassé.

— Bien sûr ! Comment ai-je pu l'oublier... ?

Le soir même, quand son petit-fils Ramón vint

prendre des nouvelles de la malade, la vieille dame s'empressa de lui répéter toute la conversation.

Le lendemain, Evy fut autorisée à passer plusieurs heures dans son fauteuil. Elle avait été ravie de retrouver son matériel de dessin, bien qu'elle ne parvienne pas à se concentrer suffisamment pour replonger dans le monde minuscule de Sylvestre le phoque. Aussi s'installa-t-elle sur la véranda pour dessiner tout ce qu'elle voyait. Un couple de mangouste habitait près de l'étang ; au bout du deuxième jour, elle les avait transformés en une famille entière agitée d'une multitude de problèmes et d'aventures. Puis Evy commença à faire des portraits. Le visage de Francisca remplissait de nombreuses pages de son carnet de croquis. Malgré le scepticisme de Maria, Evy avait de plus en plus d'affection pour la jeune femme, et quelque chose qui ressemblait à de la confiance commençait à naître en elle.

Dès que Francisca s'en allait, c'était le visage de Jason qui apparaissait sous son crayon. Elle avait beaucoup de mal à dissimuler ses croquis aux yeux de son modèle, car il avait pris l'habitude de venir passer un moment avec elle à n'importe quelle heure du jour. Evy était toujours heureuse de son arrivée inattendue. Elle appréciait sa présence tranquille, sa conversation détendue, les petites caresses affectueuses qu'il se permettait parfois ; il lui prenait la main, lissait ses cheveux.

Pendant la seconde semaine de sa convalescence, Evy avait retrouvé son autonomie, bien que son bras droit soit toujours plâtré. Son visage était cicatrisé, ses hématomes avaient disparu. De plus, elle remarqua que ses côtes étaient moins saillantes, que les lignes de tout son corps s'étaient adoucies. C'était sans doute là le résultat des quatre repas par jour que lui préparait Maria.

Un après-midi, Francisca lui proposa d'aller faire quelques courses le lendemain ; Evy aurait été enchantée de se changer les idées. Jason fit irruption au miliau de la conversation.

— De quoi parlez-vous ?

Francisca répondit avec nonchalance :

— Oh, Evy voudrait descendre à la ville, elle s'ennuie ici. Je lui ai proposé de l'emmener à Santiago pour faire un peu de shopping.

Evy resta perplexe. Comme les choses changeaient selon la façon dont elle les disait ! On aurait cru que c'était l'idée d'Evy et qu'elle s'ennuyait à mourir à la plantation ! Jason fixa sur elle un regard perçant.

— Est-ce vrai, Evy ?

— Eh bien, cela me changerait les idées.

Tout en parlant, elle se concentrait sur le croquis qu'elle faisait de lui. Elle sourit, satisfaite : pour une fois, elle avait réussi à rendre fidèlement son expression. Il fit le tour de sa chaise avant qu'elle ait eu le temps de dissimuler son dessin.

— Alors, petite cachottière ! Vous me soyez vraiment ainsi ? C'est le portrait de Satan, l'ange déchu.

Evy regarda son œuvre et fut aussi surprise que lui. Il avait raison, ce visage avait une séduction tout à fait diabolique. Elle le fit disparaître avec sa gomme en riant.

— Oh non, je ne vous vois pas ainsi ! Je n'oserais pas !

Francisca les interrompit :

— Et pour notre sortie à la ville ?

Jason la considéra comme s'il avait une autre pensée que celle de cette innocente escapade.

— Il n'en est pas question. Evy doit être protégée.

— Juste pour quelques courses ! Qui diable pourrait s'intéresser à… à Mme Hart ?

— Nous ne le savons pas encore, c'est pourquoi elle ne sortira pas d'ici. Tu peux y aller, si tu veux. Jaime doit se rendre à Santiago, pars avec lui.

— Si je voulais partir avec lui, je le lui demanderais moi-même !

Francisca se leva brusquement, courut à l'intérieur de la maison.

— On dirait que j'ai gaffé, vous ne croyez pas ? Pensez-vous qu'elle me le pardonnera un jour ?

Il y avait quelque chose qui ressemblait à du sarcasme dans sa voix, comme si cette petite dispute l'avait amusé. « Je ne le comprends pas, pensa Evy. Il est fiancé à Francisca, elle est très belle, et il agit parfois comme si elle faisait partie du mobilier. Heureusement que ce n'est pas moi sa fiancée... »

— Vous êtes encore plongée dans vos pensées ?

Il vint s'asseoir à côté d'elle sur le divan. Il y avait à peine assez de place pour eux deux, Evy sentait le contact de sa jambe le long de la sienne. « Ne bouge pas, commanda-t-elle à son corps qui tremblait. Evy, ne te conduit pas comme une collégienne farouche ! » Malgré ses bonnes résolutions, elle sursauta violemment quand il posa la main sur son genou. Elle ne devait pas s'affoler, pensa-t-elle. Tous les nerfs de son corps crispé sentirent le trajet que suivit l'autre main de Jason pour venir envelopper son épaule, l'empêchant fermement de s'écarter de lui. Elle sut qu'elle ne pourrait pas en supporter davantage, mais elle garda son sang-froid. Jamais plus elle ne se laisserait dominer par la panique. Elle lui dit doucement, refusant de rencontrer son regard :

— Je voudrais que vous arrêtiez.

Il retira la main posée sur son genou. Celle qui était sur son épaule commença lentement à lui caresser le haut du bras.

— S'il vous plaît...

Jason eut un soupir découragé, se leva et alla contempler l'étang aux nénuphars.

— Il est encore trop tôt ?

— Oui. Il faudrait attendre un an, peut-être pendant toute ma vie... Je n'y peux rien, Jason. Il faudra me prendre comme je suis, ou me laisser retourner chez moi.

Leur conversation tourna court ; Maria et Ramón arrivaient sur la véranda. Jason salua le policier :

— Quoi de neuf, Ramón ?

— Tout va bien. L'enquête est trop lente pour ma grand-mère, mais plutôt rapide selon les critères de la police !

Le sergent prit un fauteuil avant de continuer.

— J'ai bien cru que les choses allaient avancer plus vite aujourd'hui. Quelqu'un a signalé une présence dans votre maison. Nous nous sommes précipités, évidemment, et nous avons trouvé la señorita de Molinaro qui cherchait quelque chose. Une fausse alerte, bien sûr. Ce qui est curieux, c'est que les voisins ont dit qu'ils avaient vu un homme avec elle. Nous avons exploré la maison sans résultat. Ce devait être une erreur.

Jason renchérit :

— Certainement. Vous n'avez pas repris vos clés à Francisca, Evy ?

— Non, je ne crois pas. Est-ce important ?

— Sans doute pas.

Ramón poursuivit :

— Par contre, j'ai une information plus intéressante à vous communiquer. Il y a un nombre inhabituel d'étrangers dans la région de Playa de Santiago, ces temps-ci. Une demi-douzaine à peu près, dont plusieurs Cubains.

Jason intervint sur un ton de reproche :

— Allons, ne rendez pas les Cubains responsables de tout ! Il y a beaucoup de gens respectables dans la communauté cubaine.

Evy les regarda tous deux.

— Je ne comprends pas. De quels Cubains parlez-vous, et pourquoi ?

Jason expliqua :

— Après que Castro eut pris le pouvoir, une grande proportion de la classe moyenne cubaine s'exila à Miami et à Porto Rico. Ils travaillent dur, et quatre-vingt-dix pour cent d'entre eux sont des gens honnêtes ; mais avec eux est aussi venue une partie de la faune louche qui gravitait autour des maisons de jeu à La Havane. Ils essaient de reprendre leurs activités à Porto Rico.

Il se tourna vers Ramón.

— Restez dîner avec nous, il est déjà six heures.

Maria intervint d'une voix sévère :

— Le dîner n'est pas servi avant sept heures.

Jason éclata de rire.

— Vous avez vraiment des préjugés, Doña Maria. Cela ne nous dérange pas de dîner avec un policier, et encore moins avec votre petit-fils !

La soirée fut gaie et animée, excepté pour Francisca qui ouvrit à peine la bouche. Après avoir avalé son café, elle s'excusa et disparut dans la nuit au volant de sa petite voiture de sport.

Evy se coucha tôt, ou plutôt on l'envoya se mettre au lit. Elle éprouvait de grandes difficultés à rire et à bâiller en même temps quand Maria lui fit remarquer qu'il était bien tard pour elle. Jason insista ; Evy ne put qu'obtempérer.

Elle enveloppa son plâtre dans un sac de plastique, prit une longue douche chaude, s'essuya maladroitement avec une seule main, s'allongea avec bonheur dans son lit. La journée avait été longue.

Elle avait repoussé Jason à cause du conditionnement que son passé lui avait imposé, et non parce qu'elle ne désirait pas sentir le contact de ses mains sur elle. Désir, c'était là le mot clé de son problème actuel. « Il me désire, je le désire, admit-elle ; après tout, ce serait le moyen de trouver un peu de bonheur, même s'il n'est que temporaire. De toute évidence, Jason n'est pas pressé d'épouser Francisca. C'est peut-être l'explication de son attitude : il veut pouvoir se permettre une dernière fantaisie avant d'être contraint à la fidélité par les liens du mariage... Cela ne me dérangerait pas de jouer ce rôle, si seulement je trouvais le courage de le laisser faire ! »

Si Francisca avait su ce qu'elle était en train de penser, elle aurait fait irruption dans sa chambre avec une hache à la main. Non, pas une hache, cela ne correspondrait pas à une femme aussi raffinée, plutôt le poison. Ou elle tuerait Evy d'un seul de ses regards féroces. Mais elle s'était montré si aimable envers elle, ces deux dernières semaines... Elle l'avait aidée à supporter de rester couchée pendant tout ce temps. Non, Francisca ne devait pas être aussi méchante qu'elle l'avait cru tout d'abord. Pourtant, pourquoi dire à Jason que la jeune fille s'ennuyait à la plantation ? Et que faisait-elle chez Evy ce matin ?

Evy tira la couverture sous son menton et tomba profondément endormie.

Elle arriva tôt le lendemain à la table du petit déjeuner. Jason était déjà installé devant une tasse de café.

Ils étaient plongés dans une conversation passionnante où il lui parlait des espèces animales présentes sur l'île, quand Delfinia vint annoncer que la radio réclamait le jeune homme. Il adressa à Evy un sourire d'excuse avant de s'éloigner vers son bureau. Elle cria dans sa direction, déçue :

— Et moi, que vais-je faire ?

Il ne s'arrêta pas.

— Venez avec moi !

« Venez avec moi », répéta-t-elle aux oiseaux moqueurs qui piaillaient dans le jardin. Après tout, pourquoi pas ?

Elle entra silencieusement derrière lui dans la salle de communication. Elle avait toujours ressenti un immense respect — et de la peur — envers la technologie moderne. Des appareils électroniques luisaient doucement sur tous les murs, les recouvrant du plancher au plafond. Jason était déjà assis devant une console semicirculaire située au centre de la pièce. Deux autres hommes qu'elle n'avait pas encore rencontrés s'affairaient au milieu des machines diverses. Jason se retourna.

— Alors, vous êtes venue !

Il avait un air satisfait, presque suffisant. « On dirait un petit garçon fier de son nouveau train électrique », pensa Evy.

Il vint la rejoindre.

— A quoi pensez-vous ?

— Je ne sais pas exactement. Je croyais que vous autres grands patrons étiez toujours escortés d'une armée de secrétaires prêtes à prendre des notes.

Il lui fit un large sourire.

— J'en ai deux à San Juan. Il n'est plus nécessaire que nous nous trouvions au même endroit.

Elle ne put résister à l'envie de le taquiner un peu.

— Ainsi, vous personnifiez l'homme du futur, vous n'avez plus besoin de femmes dans votre bureau... Comment travaillez-vous ?

Il prit un ton solennel.

— Les secrétaires ont pour rôle de recueillir des informations, afin que je puisse prendre des décisions. Ensuite, elles transmettent mes ordres. Tout ce que j'ai à faire, c'est poser des questions à l'ordinateur. Une douzaine de personnes passent leur temps à introduire de nouvelles informations dans les mémoires de l'ordinateur. J'obtiens des renseignements plus nombreux et plus précis de cette façon que par n'importe laquelle des méthodes qui existaient auparavant. Est-ce clair ?

Evy s'installa nonchalamment sur le rebord de la console.

— Oh, c'est tout à fait clair. Mais est-ce que votre ordinateur sent bon, vous porte une tasse de café chaud, vous sourit lorsque vous vous sentez de mauvaise humeur ?

— Les pouvoirs de l'électronique vont bien au-delà de tout cela. Imaginez : je donne mes instructions à l'ordinateur qui les communique par satellite, et hop ! nous avons gagné un million de plus !

Evy se rapprocha de lui, eut un mouvement de tête pour faire gracieusement tomber une mèche de cheveux devant l'un de ses yeux, prit sa voix la plus séductrice pour lui susurrer :

— Ne sous-estimez jamais les pouvoirs d'une femme.

Il éclata de rire.

— Eh bien, Evy Hart, essayez-vous de faire sauter les fusibles de mon ordinateur ?

— Non, juste les vôtres !

Elle avait prévu de s'enfuir en courant après avoir dit ces mots, mais il fut plus rapide qu'elle. Elle fut soudain enveloppée par ses bras vigoureux qui la firent asseoir sur les genoux de Jason et l'y maintinrent fermement. Elle resta paralysée par la surprise, jusqu'à ce que des lèvres chaudes se posent sur les siennes. Elle voulut résister, mais leur pression s'accrut, l'obligeant à entrouvrir la bouche. A ce moment la pudeur d'Evy disparut, comme s'évanouirent toutes les phobies que son passé avait gravées dans son esprit. Elle se pressa contre lui avec un gémissement, s'accrocha fébrilement à son cou de son bras valide, s'abandonna entièrement à son baiser. Elle savoura les sensations délicieuses qui l'envahissaient, frissonnait de tout son corps.

Il l'écarta doucement de lui quand ils furent à bout de souffle, la reposa sur ses pieds.

Les deux hommes présents dans la pièce avaient

abandonné leur tâche et les contemplaient d'un air ahuri.

Jason soupira.

— Eh bien, Evy Hart, si je m'attendais à cela de vous !

Evy rougit violemment. « Qu'as-tu fait, Evy Hart, se demanda-t-elle, qu'as-tu fait ? » Elle cacha son visage de ses deux mains et s'enfuit dans sa chambre.

7

La plantation était grande, mais à peine assez pour qu'Evy réussisse à se cacher de Jason pendant toute la journée. Elle partit à pied dans les champs de café jusqu'à ce que la faim la pousse vers la maison, c'est-à-dire à deux heures de l'après-midi. Maria l'attendait de pied ferme.

— *Ay, madre de Dios*! Qu'avez-vous fait ? Regardez-vous : la jupe déchirée, des feuilles dans les cheveux ! Et vous étiez dehors à marcher à l'heure de la sieste !

— Allons, Maria, ne me grondez pas. Je suis juste allée me promener ; maintenant, j'ai faim.

C'était un problème que Maria savait bien résoudre. Elle lui prépara un solide repas pendant que la jeune femme se changeait.

— Mangez, *linda*. Cela vous rendra plus... comment dites-vous dans votre langue ?

— Grosse !

Evy sourit gaiement à la vieille dame et engloutit son repas. Se sentant beaucoup mieux, elle renonça à se cacher plus longtemps, s'installa sur la véranda avec ses crayons et son carnet de croquis. Elle était déterminée à dessiner la famille d'oiseaux moqueurs qui régnait sur le jardin, mais rencontra un sujet tout aussi intéressant. Son œil saisit un mouvement au-dessus de sa tête.

— Oh, bonjour, Pedro !

Le lézard se livrait à son occupation favorite : la chasse aux insectes. Il fixait sa proie un instant comme s'il la défiait d'essayer de s'échapper, puis sa longue langue happait la malheureuse bestiole avec une précision stupéfiante.

Evy ajouta Pedro à la liste de ses nouveaux personnages. Elle était complètement absorbée par son travail à l'arrivée de Jason et Jaime ; elle ne s'aperçut de leur présence qu'au moment où ce dernier l'appela. Ils étaient tous les deux près du petit bar, remplissant des verres.

— Bonjour, señora Hart. Voulez-vous boire quelque chose ?

Elle acquiesça de la tête, concentrée sur un petit détail de la queue du lézard. Comme à son habitude lorsqu'elle dessinait, elle laissait dépasser légèrement sa langue entre ses lèvres. Elle se détendit quand son crayon eut ajouté le dernier trait.

— Je voudrais une limonade, s'il vous plaît.

Jaime lui servit un verre pendant que Jason venait contempler le croquis. Il s'exclama :

— Mais c'est Pedro ! Je croyais que vous ne faisiez que des bandes dessinées... Il a l'air aussi réel que le vrai Pedro.

— Ah ?

Elle referma son carnet de croquis d'un geste sec, heurtée par le ton protecteur qu'elle avait cru déceler dans la voix de Jason, perturbée par cette émotion irrépressible qui la saisissait dès qu'il s'approchait d'elle.

Il posa la main sur son épaule.

— Ce n'est pas la peine de prendre la mouche !

Elle s'écarta et tenta de se lever. Jason lui dit d'un ton bourru :

— Ne bougez pas, j'ai compris. Vous ne me supportez que tôt le matin, n'est-ce pas ?

Il alla s'installer sur le divan, reprit la conversation qu'il avait précédemment avec Jaime, qui se mit à défendre son point de vue.

— Mais vous avez vu quels résultats ils ont obtenus. En économisant vingt pour cent sur la main-d'œuvre, ils ont réussi à avoir un bilan positif l'année dernière.

Jason semblait réticent.

— Peut-être. Demandons l'avis de quelqu'un qui soit étranger au problème. Evy, pouvez-vous nous aider ?

— Si vous parlez de culture du café, je n'y connais vraiment pas grand-chose.

— Ce n'est pas grave, je vais vous expliquer. Etes-vous prête ?

Evy joignit ses mains sur ses genoux, tentant de paraître calme et intelligente. Jason reprit :

— Dans une plantation située un peu plus haut sur la montagne, on a essayé une nouvelle méthode pour la récolte des baies de café. La récolte est ce qui coûte le plus cher ; les baies ne mûrissent pas toutes en même temps et doivent être ramassées uniquement quand elles sont à maturité. Cela demande beaucoup d'heures de travail. Dans la plantation dont je vous ai parlé, on a installé des filets sous les caféiers ; de temps en temps une équipe d'ouvriers vient secouer les arbustes. Les baies tombent dans les filets, il ne reste plus qu'à les ramasser.

— Cela me semble très ingénieux... Pourquoi y a-t-il un problème ?

— Je suis sceptique. D'abord, les oiseaux sont très contents de cette bonne occasion et se servent largement dans les filets ; ensuite, il faut également beaucoup d'heures de travail pour vider et replacer le réseau de filets. D'un autre côté, cette exploitation a été la seule bénéficiaire l'année dernière.

Les doigts d'Evy avaient automatiquement repris son crayon. Elle riait en dessinant. Les deux hommes ne purent voir ce qu'elle faisait à cause du rideau de cheveux blonds qui cachaient son croquis. Jason lui demanda :

— Vous n'avez pas d'opinion ?

— Oh, j'en ai bien une, mais... Si le seul moyen de sauver des emplois est d'en supprimer d'autres, cela me paraît absurde. Non, disons que je n'ai pas d'opinion. Peut-être devriez-vous essayer cette méthode.

— Le héros de votre bande dessinée trouverait-il une solution ?

— Bien sûr. Mais cela ne voudrait pas dire qu'elle soit applicable dans la vie réelle. Les héros de bande dessinée trouvent toujours une solution.

Jaime insista :

— Dites-nous. J'ai l'impression que vous avez une idée.

— D'accord, vous l'aurez voulu. Arrêtez-moi si je profère des bêtises.

Ils hochèrent la tête, regardèrent Evy avec attention.

— Vos caféiers sont tous plantés en belles rangées bien droites dans le sens de la pente de la montagne. Les baies de café mûres tombent quand on secoue les arbres. Est-ce juste ?

Ils acquiescèrent silencieusement.

— Maintenant, le second facteur. Il y a de l'eau en haut de la montagne ?

Jaime répondit :

— Plus qu'il ne nous en faut à la saison sèche, et encore davantage à la saison des pluies.

— Bien. Alors il suffit de combiner la gravité et l'eau pour construire un système hydraulique qui réduira le coût de votre main-d'œuvre. Regardez.

Elle leur tendit le croquis qu'elle avait réalisé de son système de ramassage des baies et continua :

— C'est ce que ferait mon héros de bande dessinée. Il utiliserait des feuilles de plastique pour fabriquer une sorte de canal en forme de V qui passerait entre les caféiers dans le sens de la pente. Si les arbres sont secoués, les baies tombent dans ce canal. Au sommet, on installe un tuyau qui déverse de l'eau, juste un petit peu, dans chaque canal. Les baies mûres sont emportées par l'eau jusqu'à l'endroit où vous voulez qu'elles aillent ; il n'y a plus qu'à évacuer l'eau, pourquoi pas dans la piscine ? Qu'en pensez-vous ?

Jason se tourna vers elle.

— Je n'en reviens pas. Jaime ?

Le régisseur eut un petit rire.

— Cela vaut la peine d'essayer. Nous pourrions commencer par quelques rangées. Et je pensais que le monde des bandes dessinées était imaginaire !

Evy dit faiblement :

— Il l'est. Cela ne va sans doute pas marcher.

— Sans doute pas.

Les deux hommes avaient répondu ensemble. Jaime se leva.

— Je vais me mettre au travail tout de suite.

Il disparut. Jason leva son verre en direction d'Evy.

— Vous êtes intelligente, jolie, talentueuse... Quoi d'autre encore ? Où avez-vous appris à dessiner ?

Elle baissa la tête, embarrassée.

— Je ne sais pas. J'ai toujours su, plus ou moins. Mais j'ai eu au lycée un professeur de dessin qui m'a beaucoup aidée. Ensuite je suis allée à des cours du soir pendant un certain temps.

— Avez-vous essayé la peinture à l'huile ou l'aquarelle ?

— Oh non, je ne pourrais pas. Je n'arrive à faire que ce qui se termine rapidement.

— Voilà un renseignement intéressant.

Elle haussa les épaules. Jason vint lui planter un petit baiser sur le nez avant de disparaître dans son bureau.

Le dîner réunit Francisca, Jaime, Ramón, Evy et

97

Jason, dans une atmosphère aussi détendue que la veille. Francisca, moins sombre, se mêla un peu à la conversation. Jason annonça qu'il se rendrait le lendemain en hélicoptère à San Juan avec Evy. Celle-ci demanda, surprise :

— Qu'allons-nous faire là-bas ?

— Vous avez rendez-vous avec quelqu'un dans le bâtiment des Affaires Fédérales, à onze heures. Nous partirons vers neuf heures.

Francisca, les yeux brillants, paraissait excessivement intéressée par ce que disait Jason. Elle remarqua :

— Il ne faut pas deux heures de trajet pour aller à San Juan en hélicoptère.

— Nous visiterons la capitale : El Moro, la cathédrale, la vieille ville...

Evy intervint :

— Puis-je connaître le nom de la personne que je dois rencontrer ?

Jason lui tapota la main avec un grand sourire.

— Non.

Avant même que le café soit servi, Francisca les pria de l'excuser et s'éclipsa. Elle ne réapparut pas de toute la soirée.

A huit heures le lendemain matin, Evy eut du mal à choisir sa tenue pour ce rendez-vous avec un inconnu. Maria donna son avis :

— Il ne faut pas mettre de robe pour voler en hélicoptère.

Evy fut surprise de ce conseil : d'après la vieille dame, les femmes devaient porter des robes et les hommes des pantalons.

— Vous croyez que je devrais me mettre en pantalon ?

— J'ai vu à la télévision que les jupes s'envolent au-dessus des têtes quand on monte dans un engin pareil.

Evy suivit son conseil. Une heure plus tard, elle était installée sur le siège avant de l'hélicoptère à côté de Jason. Jaime et un autre jeune homme montèrent à l'arrière. Jason se montra plein de sollicitude, attacha soigneusement Evy à son siège. Il manipula quelques leviers devant lui. Avant qu'elle ait pu comprendre quoi que ce soit, le sifflement des pales devint strident, l'hélicoptère s'arracha du sol.

Jason lui avait mis sur les oreilles un casque pourvu d'un microphone. Elle sursauta quand elle entendit sa voix toute proche lui dire sur le ton d'une conversation ordinaire :

— Nous sommes à cinq cents pieds de hauteur. Nous allons approcher l'aéroport par l'est, c'est-à-dire qu'il nous faudra contourner la montagne El Yunque. Regardez bien quand nous la survolerons !

Evy se colla à la fenêtre. Elle découvrait l'île entière, divisée en deux parties par la chaîne de montagnes qui la traversait de part en part.

Droit devant eux, la silhouette de la ville de San Juan et de son agglomération se précisait. Autrefois, c'était une petite bourgade isolée sur une île. Maintenant, elle était devenue un complexe financier et industriel qui contenait le tiers de la population de Porto Rico. Comme l'hélicoptère s'immobilisait au-dessus de l'aéroport, attendant des instructions pour son atterrissage, Evy remarqua les bâtiments énormes des hôtels modernes et des casinos.

Evidemment, une voiture les attendait, une grosse limousine à air conditionné. Ils furent salués par un groupe de soldats de la Marine Nationale, raides et cérémonieux dans leur uniforme impeccable. Jaime chuchota à l'oreille d'Evy :

— Don Jason est capitaine de réserve dans la Marine. Ici, nous sommes à la base navale ; nous ne pourrions pas y atterrir autrement, et il faut beaucoup d'attente pour pouvoir se servir d'une piste de l'Aéroport International.

Evy lui sourit en réponse, s'installa confortablement dans l'atmosphère fraîche de la voiture. Bien que ce soit le printemps, la chaleur et l'humidité étaient bien plus grandes dans la ville que dans les montagnes. Jason prit le volant, ils gagnèrent le centre de la ville. Evy dit tout à coup :

— Une voiture nous suit.

Jason regarda dans son rétroviseur, Jaime se retourna. Evy demanda :

— Jason, dois-je avoir peur ?

— Avez-vous peur ?

— Non. On dirait que... D'une certaine façon, je me sens en sécurité quand vous êtes là.

Jason rit doucement.

— Eh bien, c'est déjà quelque chose ! Ce doit être une voiture de police.

Jaime déclara :

— Ce n'en est pas une ; mais il semble qu'elle soit elle-même suivie par une voiture de police.

Le conducteur inconnu dut faire la même déduction, car l'automobile disparut dans une rue adjacente avec un crissement de pneus.

Jason frappa le volant dans un geste de frustration.

— Ils savaient ! Ils ont un indicateur dans notre maison. Ils savaient que nous venions aujourd'hui !

Jaime essaya de le calmer.

— Ils sont partis. Ils ne veulent pas lui faire de mal...

— Bien sûr, ils ne veulent pas lui faire de mal ! Ils veulent avant tout lui poser quelques questions polies. Ensuite seulement, ils pourront se permettre de lui faire du mal !

Evy intervint d'une voix rendue plus aiguë par la peur qu'elle tentait de dominer.

— Mais de quoi parlez-vous ?

100

Jason avait retrouvé son calme.

— Tout cela vous sera expliqué pendant votre entre-vue, Evy.

Ils s'arrêtent en haut de la rue Recinto Sur et se garèrent sur un parking au pied d'un immeuble.

Derrière eux trois hommes larges d'épaules sortirent de la voiture de police. Ils inspectèrent la rue, l'entrée du bâtiment, dévisagèrent les passants.

Jason tendit la main à Evy qui descendait sur le trottoir. Son geste n'avait pas pour but de se montrer courtois, mais de la faire entrer plus vite dans le hall où il la traîna presque.

Quelques minutes après, elle se retrouva assise devant un vieux bureau, en face d'un vieil homme au visage marqué par les années. Elle n'aurait pas pu dire où elle était : elle n'avait vu aucune inscription sur la porte de la pièce, rien n'indiquait quelles pouvaient être les activités du vieil homme.

Celui-ci s'éclaircit la gorge et commença à parler d'une voix qui ressemblait à la fois à un grognement et à un chuchotement.

— Madame Hart, vous pouvez m'appeler M. Smith.

— Ce qui n'est pas votre vrai nom.

Quand il souriait, tout son visage changeait.

— Cela nous suffira. Je connaissais votre mari.

Evy fut si surprise qu'elle laissa tomber son sac à main dont le contenu s'éparpilla sur le sol.

— Vous... vous étiez à Cleveland ?

— Peut-être...

Evy essaya de se détendre, s'appuya contre le dossier de sa chaise. Le bras de Jason entoura ses épaules de façon réconfortante.

— Saviez-vous, madame Hart, qu'il y a trois ans, il y avait un... comment dirais-je... un désaccord entre les membres de la Mafia de Cleveland ?

Evy murmura :

— Non. Je ne sais rien de ce qui concerne la Mafia. Rien !

— Nous le croyons. Quoi qu'il en soit, il y avait un désaccord. La « Famille » de Chicago a essayé de s'étendre sur le territoire de celle de Cleveland. Plusieurs hommes ont été tués. Neuf, je crois. Cette période de crise a amené un grand désordre dans le système hiérarchique, un certain nombre de subalternes sont devenus trop ambitieux. Le « Syndicat » déteste voir un membre de l'organisation sortir de son rôle.

— Je... Pourquoi me dites-vous cela ?

— Parce que votre mari, madame Hart, faisait partie de ces subalternes trop ambitieux.

— Mais... Oui, je le savais, bien qu'il ne s'en soit pas aperçu. Il avait des amis... bizarres. En revanche, il n'avait pas l'envergure d'un grand criminel, il faut que vous le sachiez !

— Nous le savons. Non, votre Franck n'était pas de ceux qui aiment prendre des risques... sauf si le jeu en valait vraiment la chandelle. Savez-vous pourquoi votre mari a disparu après trois mois de mariage ?

— Bien sûr. J'ai obtenu la séparation de corps, et j'ai acheté un fusil de chasse !

— Vous avez fait cela ?

M. Smith se mit à rire comme si c'était la meilleure plaisanterie qu'il ait jamais entendue. Il ne reprit la conversation qu'après avoir soigneusement essuyé avec un mouchoir les larmes qui lui étaient montées aux yeux.

— Merveilleux... Je vous félicite ! C'est pourquoi nous ne comprenions pas tout ! J'ai appris quelque chose de nouveau aujourd'hui. Quoi qu'il en soit, à cause du désordre dans l'organisation du « Syndicat », votre mari a été envoyé à San Diego, alors qu'il ne s'occupait auparavant que de missions locales. Quand il est revenu à Cleveland, la police avait été prévenue, et il a été arrêté. Mais il a eu le temps de cacher la marchandise qu'il était allé chercher, quelle qu'elle soit. On l'a retenu en prison pendant quatre-vingt-dix jours sous un prétexte quelconque, puis relâché. Il est allé tout droit chez vous. Vous vous rappelez ? C'était le soir de sa mort.

— Oui, je me rappelle. Il est entré et m'a frappée. Je ne sais pas ce qui s'est passé ensuite. Je me suis réveillée pour le voir partir.

M. Smith tambourina sur la table, hésitant. « Que va-t-il m'apprendre sur l'accident ? pensa-t-elle... Mon Dieu, faites qu'il se taise, je ne veux rien savoir. » Mais il était trop tard pour arrêter les événements.

— Votre mari a déjoué les plans de tout le monde avec cet accident. L'une des factions voulait connaître son secret, l'autre pensait qu'il en savait beaucoup trop. De toute façon, il aurait été éliminé cette nuit-là, madame Hart.

Quelqu'un se mit à crier dans la pièce. Evy n'avait aucune idée de qui cela pouvait être. Elle était en sécurité dans les bras de Jason, debout tout contre lui. Elle s'aperçut tout à coup que c'était elle qui hurlait. Graduellement, les cris se changèrent en gémissements, puis en sanglots qui secouaient son corps tremblant.

Jason s'adressa au vieil homme :

— Vous saviez qu'elle a été traumatisée par cette histoire. Vous n'auriez pas dû lui dire cela !

— Peut-être que non. Ces détails ne sont jamais évidents, dans notre domaine.

Il n'y avait pas une once de sympathie dans sa voix. Il continua :

— Etes-vous prête à nous aider, madame Hart ?

— Si c'est ce que vous voulez, vous avez d'étranges moyens d'y parvenir. Faites-vous partie de ceux qui voulaient que Franck meure ?

A la grande surprise d'Evy, il rougit.

— Non, je ne tomberais pas si bas. Votre mari n'était

pas aussi important que cela ; par contre, la marchandise qu'il transportait l'était, elle. Malheureusement, nous ne savons pas de quoi il s'agissait exactement, ni où elle est à présent.

— Et qu'ai-je à voir dans tout cela ?

— C'est simple, madame. Le « Syndicat » s'est remis de cette période troublée. Ses membres semblent croire que vous savez quelque chose à propos de cette marchandise.

— Moi ? Je n'étais que sa femme. Que veulents-ils de moi ?

— Des renseignements. C'est ce que je désire également. Nous avons un plan pour régler cette affaire. Nous aiderez-vous ?

— Si… si c'est en mon pouvoir.

Il sortit d'un tiroir une série de photographies qu'il poussa devant elle.

— Regardez ces visages. Dites-moi si l'un de ces hommes faisait partie des amis de votre mari.

Elle prit les portraits et les examina. Il y en avait douze. Elle sortit la dixième du paquet, la tendit à M. Smith.

— Lui. Je ne me souviens pas de son nom. Franck et cet homme étaient très proches pendant un moment.

— Très bien ! Très bien vraiment, madame. C'est Alfred Schmidt lui-même !

Jason demanda :

— Cela rétrécit-il le champ de vos recherches ?

— Considérablement, monsieur Brown. Alfred Schmidt n'a que deux intérêts dans la vie : les femmes et l'héroïne. Ce renseignement nous apporte beaucoup. Maintenant, monsieur Brown, pourriez-vous conduire Mme Hart hors de mon bureau ?

Pendant qu'ils se dirigeaient vers l'ascenseur, Evy se confia à Jason :

— J'ai beaucoup changé depuis que je vous connais.

Auparavant, après m'être donnée en spectacle en criant de cette façon, j'aurais voulu m'enfuir et me cacher pendant des mois. Maintenant...

— Maintenant?

— Maintenant j'ai faim. N'y aurait-il pas un fast-food dans les parages, où vous pourriez m'offrir un hamburger?

— Les fast-food pullulent sur l'île, mais ce n'est certainement pas là que j'ai l'intention de déjeuner. Il y a un restaurant merveilleux à quelques pas d'ici.

Ils entrèrent dans une salle au cadre raffiné, toujours escortés par les trois policiers qui s'assirent non loin de leur table.

Jason tira la chaise d'Evy.

— Bienvenue à *La Mallorquina*. C'est le plus ancien restaurant de l'île. Voulez-vous toujours manger un hamburger?

— Je n'oserais jamais commander un hamburger ici! Mais s'il vous plaît, prenez pour moi un plat que je puisse manger avec une seule main...

8

— Je suis désolé, Evy. J'aurais aimé vous faire visiter la vieille ville, mais je crois que c'est trop dangereux. Ces gens savent que vous êtes à San Juan. Dieu seul sait ce qui pourrait arriver.

L'hélicoptère décollait.

— Nous aurions pu au moins prendre le temps de voir la cathédrale et la tombe de Ponce de León. Vous et Jaime voyez des gangsters partout ! Vous vous croyez dans le Chicago des années trente ! C'est tout simplement de la paranoïa !

Elle dut se taire pendant que Jason était en communication avec la tour de contrôle. Elle sentait bien que sa colère était excessive, mais elle étouffait sous les contraintes, les précautions permanentes que les deux hommes lui imposaient.

L'hélicoptère tourna au-dessus de San Juan. Evy découvrit directement au-dessous d'elle les murs énormes de la plus importante forteresse de l'Empire Espagnol dans les Caraïbes, le fort d'El Moro. Les navires qui voulaient s'ancrer dans la baie devaient passer à la portée des canons monstrueux qu'elle pouvait distinguer. Elle s'exclama :

— Comment peut-on essayer d'attaquer une forteresse pareille !

Jason lui sourit.

— On l'a pourtant fait. Sir Francis Drake, les Hollandais, les Français... El Moro veille depuis 1539.

— Mais comment les Américains ont-ils pu conquérir l'île ?

— Tous les canons sont pointés vers la mer. L'armée américaine a débarqué de l'autre côté de l'île et a attaqué la forteresse par la terre.

Evy se retourna pour contempler le fort le plus longtemps possible alors qu'il s'éloignait. Elle soupira.

— Je ne comprends pas. Toute cette pierre ! Etait-il possible de construire quelque chose d'aussi immense, qui dure si longtemps, en 1539 ?

— Facile. Ils ont utilisé des esclaves. Des milliers de personnes sont mortes pour réaliser El Moro. Des milliers.

Evy frissonna, essaya de se détendre sur son siège. L'épreuve de son entrevue avec M. Smith l'avait épuisée. Elle s'endormit.

... Evy regardait Jason qui marchait devant elle en compagnie de Jaime sur l'allée menant de l'aire d'atterrissage à la maison. Elle observait ses épaules carrées, sa tête droite, ses mains longues et vigoureuses qu'il agitait comme un vrai Portoricain pour souligner les mots importants. Ils arrivèrent devant la maison. Francisca se tenait en haut des marches avec une expression soucieuse.

Evy ralentit le pas. « Je l'aime, se dit-elle, je l'aime ! Et à quoi cela sert-il ? Francisca, Jason et Evy... Je n'ai pas de place auprès de lui. Que suis-je en train de me préparer ? Quelques années de malheur de plus ? Où vais-je fuir cette fois... aux îles Samoa ? »

Deux des énormes dogues de la plantation coururent en bondissant vers Jason pour lui souhaiter la bienvenue, sautant et batifolant comme des chiots malgré leur poids.

Jason s'arrêta en haut de l'escalier avec Jaime.

— Calmez-vous, petits monstres !

Les deux molosses contournèrent Jason et sautèrent ensemble, posant leurs énormes pattes sur sa poitrine. Jason perdit l'équilibre, entraîna Jaime dans sa chute. Hommes et chiens entremêlés roulèrent au bas des marches.

Evy n'eut que le temps de comprendre ce qui se passait. Les deux hommes se retrouvèrent assis par terre à trois mètres l'un de l'autre. Francisca avait poussé un grand cri, s'était précipitée au secours de… Jaime. Evy courut vers Jason.

— Mon Dieu ! Etes-vous blessé ?

Il éclata de rire.

— Non, si ce n'est dans ma dignité ! Pourriez-vous au moins me débarrasser d'un de ces animaux ?

Evy se pencha, attrapa le collier d'un chien. Celui-ci fort occupé à débarbouiller Jason de sa grande langue baveuse, n'entendait pas céder un pouce de terrain. Evy s'arc-bouta, prenant le collier de sa main valide, pendant que Jason riait de la vanité de ses efforts. Elle ne tarda pas à se vexer.

— Eh bien, si c'est si drôle, je vous laisse à votre sort !

Elle se redressa et fit symboliquement le geste de se laver les mains, non sans un coup d'œil de côté vers Francisca et Jaime. La jeune femme, assise par terre sans souci de salir sa robe, murmurait des paroles en espagnol à Jaime dont la tête reposait sur ses genoux. Avec un large sourire, il lui répondit quelque chose qui la fit rougir violemment et sauter sur ses pieds. La tête de Jaime retomba sur le sol avec un bruit sourd ; il fut debout en un éclair. Ils commencèrent à se disputer, toujours en espagnol.

Evy les contempla, stupéfaite, jusqu'à ce que Jason l'entraîne à l'intérieur de la maison.

— Venez, petite curieuse.

Il la prit dans ses bras. Elle réussit à se dégager : ses nerfs avaient été mis à rude épreuve par M. Smith et par la prise de conscience de la réalité de son amour pour Jason ; elle avait besoin d'un peu de temps avant de supporter un contact trop rapproché. Elle chercha un dérivatif.

— Que se passe-t-il, là-bas ?

— Oh, je vous l'ai dit, Francisca et moi avons grandi ensemble, ainsi que Jaime. Nous faisions partie de la même bande d'enfants. Et voilà qu'ils se disputent...

Il leva les mains à la hauteur de la ceinture, les paumes vers le ciel, tout en haussant les épaules, un geste typique des Portoricains pour exprimer quelque chose d'incompréhensible. Il regarda à travers la baie vitrée : Jaime avait pris le poignet de Francisca et l'entraînait au bas de l'allée.

— Zut ! Ils vont à la piscine pour continuer leur dispute !

— Je ne vois pas de mal à cela, ils ne veulent pas se donner en spectacle...

— C'est que j'avais pensé que nous irions nager un peu avant le dîner. Ils peuvent se disputer n'importe où, mais nous ne pouvons nous baigner que dans la piscine... Non, attendez une minute, il y a une autre solution !

Il se tourna vers elle, releva une mèche blonde qui lui cachait un de ses yeux et continua :

— Qu'en pensez-vous, Evy ? Avez-vous envie de nager ? Je connais un endroit... Seigneur, je n'y suis pas allée depuis des années. Etes-vous prête pour une petite aventure ?

Elle était prête pour n'importe quelle aventure, du moment que c'était avec lui. Elle acquiesça.

— Alors courez vite passer un maillot.

Il la renvoya avec une petite claque sur l'arrière-train.

Elle fut stupéfaite : aucun homme ne s'était montré aussi familier avec elle jusqu'à présent ! Au lieu d'en être indignée, elle rayonnait en se dirigeant vers sa chambre.

Jason laça les tennis d'Evy, enveloppa son plâtre dans une feuille de plastique.

Ils contournèrent la maison et se mirent en marche à l'ombre des grands arbres, gravissant le flanc de la montagne. Evy entendit un bruit d'eau courante qui se fit de plus en plus proche. Quand ils aboutirent dans une petite clairière, elle ne put retenir un rire de plaisir et battit des mains. Jason eut le sourire du petit garçon qui montre sa cachette secrète à sa première petite amie. Ils avaient remonté le cours du torrent ; l'eau cascadait d'une hauteur de quinze mètres avant de se jeter dans un bassin profond.

Ce n'était pas vraiment une chute d'eau. Le torrent descendait une pente de soixante degrés à peine sur des rochers polis par le passage répété de ses flots. Des prismes lumineux se dessinaient sur les arbres alentour quand le soleil jouait avec l'eau jaillissante.

— Venez, dit Jason.

Il y avait un petit sentier abandonné sur le côté du torrent. La végétation tropicale l'avait presque dévoré, mais il menait toujours en haut de la cascade, aboutissant à un gros rocher qui avançait sur l'eau.

Evy demanda :

— Et maintenant ?

— Regardez !

Ils devaient crier pour se faire entendre. Evy recula légèrement, se sentant nerveuse à l'extrémité de ce promontoire naturel. Jason se déshabilla, poussa un cri sauvage, se jeta dans le lit du torrent.

Il fut instantanément saisi et bousculé par la force du courant, dévala la pente, fut catapulté comme par un toboggan dans le bassin au milieu de grandes éclaboussures. Il refit rapidement surface, rejeta ses cheveux en arrière, poussa un autre cri de joie. Il dut hurler pour couvrir le bruit de l'eau :

— Venez !

Evy s'avança jusqu'au bord du rocher, regarda en contrebas. C'était au-dessus de ses forces. Elle secoua la tête, recula de nouveau pour aller s'asseoir sur une pierre.

Jason l'observa d'en bas pendant un moment, les mains en visière sur les yeux. Quand il vit qu'elle ne sauterait pas, il regagna le bord et sortit de l'eau.

Il fut bientôt près d'elle, lui apportant sa chaleur, sa présence réconfortante.

— Il ne faut pas avoir peur, Evy. Ce n'est pas du tout dangereux et très amusant. Vous venez avec moi ?

Comment pouvait-elle refuser ? Elle serait allée n'importe où avec lui ! Elle se blottit contre le corps mouillé de Jason. Il l'entoura de ses bras, la serra plus fort. Sa bouche effleura le front d'Evy.

— A trois, nous sautons ensemble.

Il commença à compter. Quand il cria « Trois ! », elle se sentit entraînée irrésistiblement dans une eau glacée et tourbillonnante. Elle réussit à rester accrochée à lui tout au long de leur glissade. Ils émergèrent de l'eau, essoufflés, et Evy reconnut qu'elle avait vraiment trouvé cela amusant.

Ils recommencèrent encore et encore, jusqu'à être complètement épuisés ; ils se hissèrent sur l'herbe de la rive et s'endormirent.

Francisca fut la vedette de la soirée. Moulée dans un fourreau noir qui mettait en valeur ses émeraudes, elle monopolisa la conversation, déjouant les efforts de Jason pour y inclure Evy. La jeune Portoricaine semblait rayonner d'un feu intérieur.

Evy la regardait tranquillement depuis sa chaise,

essayait de s'intéresser à ce qui se disait sans vraiment y parvenir. Elle remarqua que Jaime restait lui aussi silencieux. Son visage avait une expression qu'Evy eut du mal à déchiffrer, jusqu'à ce qu'elle voie son propre visage dans le miroir fixé au-dessus du buffet. Jaime regardait Francisca comme Evy regardait Jason, avec les mêmes yeux désemparés. « C'est vrai, se dit-elle, il est amoureux d'elle ! » Elle fut réconfortée par la pensée qu'elle n'était pas la seule à souffrir d'un amour malheureux.

Jaime s'excusa au moment du café ; il devait s'occuper d'un problème mécanique ; une des énormes machines pour le traitement du café menaçait de tomber en panne.

Jason soupira.

— Quand on pense que toutes ces opérations de traitement ne servent à rien si le café n'est pas bon !

— Vous voulez dire que toutes ces machines et tout ce travail n'améliorent pas la saveur des graines ?

Evy était surprise. Elle avait pris le temps d'observer le processus et avait été très impressionnée.

— Bien sûr que non. Quand la graine mûrit, nous avons déjà fait tout ce qui était en notre pouvoir. La saveur provient des conditions dans lesquelles elle est arrivée à maturité, l'altitude, l'ombre, le sol... Toutes les opérations de traitement visent seulement à sortir les grains de café de leur gangue sans les abîmer. En revanche, la torréfaction fait beaucoup pour la saveur des grains... C'est un art difficile.

Francisca les interrompit.

— J'en ai assez de ces histoires de café. Je voudrais te parler, Jason. Pourrions-nous aller dans le jardin ? Je pense qu'Evy nous excusera.

Evy tenta de prendre sa voix la plus calme.

— Ne vous gênez pas pour moi. Je voudrais prendre une deuxième tasse de café, allez-y.

Elle avait parlé d'un air détaché, mais ses pensées étaient tumultueuses quand elle les regarda s'éloigner dans l'ombre du jardin. Maria vint dans le living-room avec un plateau pour emporter les tasses.

— Ils font un beau couple, n'est-ce pas ? Delfinia dit qu'ils se connaissent depuis toujours. Peut-être y aura-t-il un mariage...

Evy répondit d'un ton sec :

— Comment le saurais-je ?

Maria fixa sur elle un regard clairvoyant puis retourna sur ses pas.

Quel couple merveilleux en effet, se dit Evy. Ils s'aimaient déjà dès l'enfance. Mon Dieu, pourquoi fallait-il que tout le monde remue le couteau dans la plaie ?

Elle retournait toujours ses mornes pensées quand la porte s'ouvrit en grand. Francisca apparut.

— Où est Jason ?

Evy n'avait pas eu l'intention de poser cette question, mais ses lèvres l'avaient articulée toutes seules.

— Il est allé voir Jaime.

Francisca arborait un sourire triomphant. Elle reprit :

— En fait, ce n'est pas tout à fait vrai, Evy. Vous savez comment sont les hommes, ils demandent toujours à quelqu'un d'autre de se charger des tâches désagréables. Jason est comme les autres. Il m'a envoyée vous parler.

Evy se sentit envahie par la panique. Elle n'eut pas le courage de poser la question qui s'imposait. Elle resta figée sur sa chaise. Francisca agitait sa main en l'air comme pour faire sécher du vernis à ongles. Une nouvelle bague était apparue sur l'annulaire de sa main gauche, une bague de platine ornée d'un diamant d'un luxe tapageur.

La voix musicale de Francisca continua :

— Je vous avais parlé du bracelet, vous vous souvenez ? Eh bien, Jason a admis qu'il s'était seulement amusé avec vous, et il a décidé d'officialiser nos fiançailles selon la tradition américaine également. N'est-ce pas une bague splendide ? Et nous avons fixé une date, Evy. N'est-ce pas merveilleux ? Dans deux semaines. Nous nous marierons dans la chapelle Porta Coeli à San German. Il faut absolument que vous veniez !

— Je... je ne crois pas... Non, je ne crois pas que je viendrai. Mais vous avez tous mes vœux de bonheur. Vous avez tous les deux été... d'excellents amis pour moi, et je...

Francisca insista.

— Il faut que vous soyez là. Nous sommes toujours vos amis. Vous pourriez être une de mes demoiselles d'honneur !

— Oh mon Dieu, non !

Evy fut saisie d'une violente nausée. Elle se précipita dans la salle de bains, où elle arriva juste à temps. Comme elle restait penchée au-dessus du lavabo, épuisée, une main se posa sur son épaule. Francisca l'avait suivie.

— Je suis désolée. J'ai pensé qu'il valait mieux être franche et directe. Venez, laissez-moi vous aider.

Elle la releva, lui nettoya doucement le visage avec une serviette humide. Puis elle conduisit Evy tremblante jusqu'à sa chambre, la fit asseoir sur son lit.

— Restez là. Cela va passer.

— Oui, cela va passer.

Mais quand ? Quand elle serait morte ? Elle s'accrochait à Francisca, tant elle avait besoin d'une présence. « N'est-ce pas étrange, se dit-elle, de voir la femme qui me prend celui que j'aime en train de me consoler ? Mais je savais bien qu'il lui appartenait à elle, qu'il n'était pas pour moi. Elle me l'avait dit... »

115

— Vous ne m'en voulez pas ? Je veux dire... Je n'ai jamais voulu vous blesser, vous le savez ?

La voix de Francisca était anxieuse.

— Oui, je le sais. Ce n'est pas de votre faute. Vous avez été une excellente amie pour moi. Et vous m'aviez prévenue. Mais...

Le mot resta en suspension dans l'air, ce petit mot qui marquait la fin des espérances naïves et vaines d'Evy. Elle reprit :

— Mais je ne peux pas rester ici plus longtemps.

— Je vous comprends. Jason va demain à Saint-Domingue. Si vous voulez partir, il faudra en profiter. Pesez bien votre décision auparavant, Evy. Je ne veux pas que vous quittiez « El Semillo » à cause de moi.

— Non, non, il faut que je parte. Ce soir, pas demain. Comment puis-je me rendre en ville ?

— Vous êtes sûre de le vouloir ? Rappelez-vous, Jason ne veut pas que vous dépassiez les limites de la plantation. Vous devez être sûre de votre décision.

— J'en suis certaine, Francisca. S'il vous plaît, n'insistez pas. Comment faire ?

Francisca hésita un instant.

— Je peux vous conduire chez vous... J'ai ma voiture ici. Mais Jason me tuerait sûrement s'il l'apprenait !

— Je ne le lui dirai jamais. S'il vous plaît, Francisca, aidez-moi. Je vais appeler Maria, nos bagages seront prêts avant une heure.

— Très bien. Etes-vous sûre que Maria doive vous accompagner ?

— Oh oui, je ne pourrais pas partir sans elle. Vous m'aiderez ?

— Oui. Allez vous préparer. J'amène la voiture à l'arrière de la maison. Ne faites pas de bruit, il ne faut pas que Jason nous entende.

Evy eut du mal à convaincre Maria. La gouvernante s'opposa violemment à ce projet et se répandit en protestations véhémentes. Voyant qu'Evy restait imperturbable, elle insista pour que Jason soit consulté. Heureusement, il avait dû se rendre à la dernière minute à une réunion à Caguas et ne pouvait donc donner son avis.

Il était plus de dix heures quand elles quittèrent la plantation. La nuit était noire. Il n'y avait pas une âme dans les rues de Santiago quand elles la traversèrent. La petite voiture de sport poursuivit son chemin, éclairant la route devant elle comme un navire cherchant le port. Parfois, un point lumineux et l'odeur d'un feu de bois rappelaient à ses occupantes que la civilisation existait toujours derrière la nuit épaisse.

Elles arrivèrent enfin à la maison de Playa de Santiago ; alors seulement, Evy respira librement.

Maria sortit de la voiture et ouvrit la porte pendant que Francisca aidait Evy à sortir les valises du coffre. Puis, refusant de prendre un rafraîchissement, la jeune Portoricaine s'installa au volant et disparut.

Evy resta immobile devant la porte, regardant les feux arrière de l'automobile diminuer peu à peu. Que faire maintenant ? Il n'y avait pas de réponse. Elle combattit l'envie de pleurer qui lui serrait la gorge, écouta le bruit de la mer invisible.

Maria vint interrompre ses pensées.

— Entrez, *linda,* entrez. Les moustiques vont vous dévorer vivante. —

Evy répondit sombrement :

— Cela n'aurait aucune importance.

Maria lui drapa un châle autour des épaules.

— Ce n'est pas bon d'avoir des regrets. Il y a toujours un lendemain.

— Je suppose que vous avez raison, mais cela me paraît si inutile de lutter...

— C'est à cause du Señor Jason, n'est-ce pas ? Il vous aime beaucoup, vous verrez.

117

— Non, je crois que vous vous trompez, si vous me demandez d'espérer encore. Il doit se marier avec Francisca dans deux semaines à San German. C'est elle qui me l'a dit.

Maria sembla stupéfaite.

— Vraiment ? Ce n'est pas ce qui se raconte à la cuisine… Et dans quel endroit de la maison connaît-on mieux la vérité ?

Evy eut un sourire. En effet, dans quelque culture que ce soit, la vérité était connue à l'office bien avant d'atteindre le salon ! Elle fit un pas en avant.

— Je voudrais marcher un peu, Maria.

— Il faut que vous fassiez attention ! Rappelez-vous ce que Ramón a dit. *Madre de Dios*, j'ai oublié de lui téléphoner. Excusez-moi, j'y vais. N'allez pas loin, revenez vite !

Il était plus facile de suivre ses conseils que de la contrarier.

— Je vais au bord de l'eau, pas plus loin.

Elle descendit doucement la petite rue sablonneuse qui menait à la mer. Arrivée à la plage, elle s'arrêta un instant pour enlever ses chaussures, enfonça ses pieds dans le sable encore tiède de la chaleur du jour. Elle se retourna et regarda le village. La seule maison éclairée était la sienne, les autres étaient à peine visibles.

Il y avait peu de temps que l'obscurité ne l'effrayait plus. Elle était devenue plus forte, plus sûre d'elle, depuis deux ou trois semaines. Elle marcha doucement vers les vagues qui lui léchèrent les orteils. L'eau était à peine plus fraîche que l'air ambiant.

Elle releva la longue robe qu'elle portait encore, la robe qu'elle avait si joyeusement mise pour dîner ce soir-là, et avança dans cette mer des Caraïbes si belle. La pente était très douce, elle dut faire dix mètres avant que le niveau de l'eau atteigne ses chevilles. Elle s'immobilisa.

118

Franck Santuccio. Il lui avait appris beaucoup de choses. Avec lui, elle avait compris que le monde était une jungle, qu'elle devait se débrouiller toute seule.

Jason Brown. Il lui avait appris également beaucoup. Que les hommes pouvaient être bons, gentils, charmants, même si on ne devait pas se fier à eux. Il lui avait appris qu'il existait des clairières dans la jungle.

Il lui semblait que c'était tout ce qu'il y avait à en dire. Elle avait appris une autre leçon. Maintenant, il ne lui restait plus qu'à rentrer chez elle pour tout recommencer. Surtout, il ne fallait pas qu'elle regarde en arrière.

Elle fit résolument demi-tour, traversa la plage, remit ses chaussures sur ses pieds mouillés. Maria l'attendait anxieusement à la porte d'entrée de la maison.

— Eh bien, *linda*, vous vous sentez mieux maintenant ?

— Oui, je crois. Pour le moment du moins, Maria.

— *Bueno*. J'ai fait du café, et je vous ai préparé un sandwich au jambon. Venez.

Evy suivit Maria qui fit le tour de la maison pour fermer les portes et les volets. Elle aidait la vieille dame dans cette tâche routinière mais ne portait aucune attention à ce qu'elle faisait. Elles se rendirent à la cuisine. Evy s'assit d'un air morne pendant que Maria s'affairait.

Le café était excellent. Evy se demanda qui l'avait torréfié. Ce serait évidemment son problème principal dans les jours à venir : tout lui rappellerait Jason, ce qu'il disait, ce qu'il faisait, ce qu'il était. Elle mangea la moitié de son sandwich pour faire plaisir à Maria, puis elle alla se coucher.

9

Au bout de deux jours, Evy s'aperçut que Jason
intervenait dans tous sas actes. Pas en réalité, bien sûr ;
depuis qu'elle avait quitté la plantation, elle n'avait plus
entendu parler de lui. Mais il était toujours présent dans
son esprit. Elle se força à entrer de nouveau dans
l'univers de Sylvestre le phoque et ses compagnons, qui
étaient supposés représenter une ville moyenne des
Etats-Unis. Chaque fois qu'Evy prenait son crayon, les
aventures de Sylvestre lui paraissaient plus portoricaines
qu'américaines. Sylvestre se fit un nouvel ami, une
mangouste bavarde à l'accent espagnol ; Evy s'aperçut
que la mangouste avait les traits de Jason. C'était son
nez, ses oreilles, ses cheveux. Evy renonça à travailler
sur un personnage pareil. Elle était en train de le
gommer quand survint une panne d'électricité.

Maria lui expliqua placidement :

— Ce n'est pas grave. J'ai entendu au village qu'une
voiture avait heurté un poteau électrique.

Evy se sentit nerveuse, bien qu'elle n'eût apparem-
ment aucune raison de s'inquiéter.

— Ce sera long à réparer ?

— Qui sait ? Ils répareront *mañana*.

Evy frappa du pied, irritée.

— Est-ce que c'est le *mañana* qui veut dire demain, ou celui qui veut dire peut-être ?

Maria rit doucement.

— Peut-être demain. Pourquoi s'inquiéter ? Ils répareront un jour ou l'autre, n'est-ce pas ?

— Alors il faut trouver une lanterne.

— Ou plutôt des bougies, *mariposa.* On ne peut trouver des lanternes qu'à Santiago, et le dernier bus est déjà parti.

— Des bougies, bien sûr ! J'en avais dans mes bagages. Où avons-nous rangé les cartons qui ne sont pas encore déballés ? Dans le garage, je crois. Venez m'aider à chercher, Maria.

— Mais qu'allons-nous chercher ?

— J'ai emporté mes bougies de Noël. Il doit y en avoir cinq ou six. Venez !

Evy n'était pas si pressée que cela de trouver des bougies, mais elle avait besoin de s'occuper. Elle se hâta vers le garage, un grand bâtiment utilisé autrefois par les douaniers comme entrepôt. Il était entièrement vide, mis à part une douzaine de cartons qui gisaient dans un coin.

Maria s'exclama sur un ton de dégoût :

— Les vandales ! Ils sont aussi venus ici. Regardez comme ils ont arrangé la serrure ! Elle est presque faussée.

— Ce n'est pas important maintenant. Le contenu des cartons est inscrit sur le côté. Ah, je me souviens. Les bougies sont sous ma collection de poupées dans celui-là.

— Des poupées ?

Evy réfléchit un instant pour trouver le mot espagnol.

— *Muñecas.* De toute façon, je les ai trouvées. Aidez-moi à ouvrir le carton.

Evy fouilla parmi les poupées, s'arrêtant de temps en

122

temps pour en regarder une qu'elle aimait particulière-
ment. Maria observait la scène.

— Vous les avez toutes faites vous-même ?

— Oui. Je n'étais pas assez riche pour en avoir de
vraies. Je les fabriquais avec du tissu et de la bourre
pour me les offrir en cadeau de Noël. C'étaient mes
meilleures amies quand j'étais petite. Ah, voici la boîte
des décorations de Noël.

Elle en sortit une sorte de couronne de plastique de
forme octogonale ; à chaque angle se trouvait un empla-
cement où devait se fixer une bougie. Le tout était
abondamment décoré de houx artificiel d'un vert
violent.

— C'est horrible, n'est-ce pas ? Mais c'est tout ce que
je pouvais me permettre d'acheter pour notre premier
Noël. Je pensais que cela ferait plaisir à Franck.

— Et cela ne lui a pas fait plaisir, *linda* ?

— Non. Franck ne considérait pas que le jour de
Noël ait une signification quelconque. Je l'ai découvert
à ce moment-là. Les bougies doivent être dans un
paquet séparé quelque part par là... Les voici.

Elle brandit une boîte de bougies.

— Pouvez-vous les placer dans la salle à manger,
Maria, pendant que je remets les poupées en place ?

Finalement, les poupées ne furent pas remballées.
Elles avaient rappelé à Evy tant de petits souvenirs de
son enfance qu'elle n'eut pas le cœur de les enfermer de
nouveau dans leur carton. Elle revint dans le salon une
demi-heure plus tard, les portant toutes les vingt dans
ses bras, riant de plaisir.

— J'aime vous entendre rire, dit la vieille dame.
Nous allons bientôt manger. Où mettrons-nous les
poupées ?

— Eh bien... Nous les installerons sur des sièges,
qu'elles puissent profiter avec nous de la lumière des

chandelles ce soir ! Que nous avez-vous préparé pour le déjeuner ? J'ai faim !

Après le repas, elle refusa d'aller faire la sieste comme le lui proposait Maria, rassembla ses maigres outils et sortit dans le jardin. C'était un endroit paisible où la végétation commençait à se faire un peu trop exubérante, faute d'entretien. Le splendide bougainvillée, planté pour dissimuler le petit poulailler, avait également envahi l'appentis. Evy tailla les branches inutiles, puis s'attaqua avec une binette au potager où poussaient dans la plus complète anarchie oignons, choux et laitues.

Le reste du jardin était composé de massifs soigneusement dessinés. Les fleurs magnifiques s'épanouissaient dans toute leur gloire. Elles étaient le résultat des soins attentifs des femmes d'officiers envoyés en poste à Playa de Santiago. Isolées dans cette ville minuscule, elles s'étaient consacrées à faire naître la beauté à l'intérieur de leurs murs. Evy avait même trouvé la liste de leurs noms dans le bureau, sur un carnet de notes rigoureusement tenu qui indiquait la date de la germination des graines, de la taille des arbres, de tous les soins apportés au jardin. Evy avait l'intention d'y ajouter son nom et de continuer cette petite tradition. Elle était à genoux au milieu du massif de zinnias quand Maria vint lui annoncer une visite.

— *Linda*, la señorita de Molinaro est venue vous voir.

Evy abandonna sans réticence ce travail auquel elle n'était pas habituée ; ses genoux et ses mains commençaient à être douloureux.

— J'arrive, dès que je me serai lavé les mains.

Elle réussi tant bien que mal à se débarrasser de la terre qui souillait ses ongles, puis se dirigea vers le salon. Francisca, comme à son habitude, semblait sortir tout droit des pages d'un magazine de mode.

La jeune Portoricaine lui sourit.

— Madame Hart, j'ai eu aujourd'hui un coup de chance, et j'ai pensé à vous en faire profiter. Je me suis dit que vous deviez vous ennuyer toute seule ici.

Evy se laissa tomber dans un fauteuil, essaya de détendre ses muscles crispés.

— Vraiment ?

— Jason est toujours à Saint-Domingue pour l'un de ces ennuyeux voyages d'affaires, et ce matin par hasard j'ai rencontré Pablo Dominguez. Le connaissez-vous ?

— Je crains que non. Il est célèbre ?

— Il n'est pas célèbre, ma chère, il est simplement utile. Pablo a passé un contrat avec l'Institut de Médecine Tropicale. Deux fois par semaine, il se rend sur l'île aux Singes pour nourrir les animaux. Vous en avez sûrement entendu parler ?

— En effet.

— C'est une petite île, vous comprenez, il n'y a pas assez de place pour que les singes puissent se nourrir des plantes qui y poussent. Pablo leur apporte des fruits de toutes sortes, et une espèce de bouillie faite de blé et de maïs. Quoi qu'il en soit, il se rend là-bas aujourd'hui. Il a accepté de nous emmener. Est-ce que cela vous tente ?

— Bien sûr, j'aimerais beaucoup venir ! Ils ne sont pas dangereux, n'est-ce pas ?

— Les singes ? Non, pas du tout. Venez, ce n'est pas la peine de vous habiller, nous voyagerons dans un bateau rempli de fruits.

— Mais il faut que je me change, les genoux de mon pantalon sont pleins de terre. Et je dois me recoiffer.

Francisca consulta anxieusement sa montre.

— Bien, si vous insistez. Mais dépêchez-vous.

Francisca regardait toujours sa montre fréquemment, même quand elles furent installées dans le petit dériveur qui les attendait. Les amarres furent larguées, le bateau se dirigea vers le large. Evy regarda l'homme qui tenait la barre.

— Vous êtes Pablo Dominguez ? Un Portoricain blond aux yeux bleus ?

L'homme était grand et maigre, avec une peau si pâle qu'il semblait impossible qu'il vive sur l'île baignée de soleil.

— Moi ? Mon nom est Ray... Ray Boone. Pablo a été retenu. Il m'a demandé de me charger de ce voyage pour lui.

Il parlait avec aisance, mais Evy se sentit mal à l'aise. Aussi bien l'homme que le bateau ne correspondaient pas à ce qu'elle avait imaginé. Son explication était vraisemblable. Pourtant... Elle se détourna et contempla les flots qui défilaient.

Ils furent bientôt en vue de l'île. Elle avait un peu la forme d'une haltère, composée de deux collines jointes par un isthme étroit et plat. Il n'y avait pas de jetée ; le bateau s'échoua sur le sable au milieu de l'isthme.

Sans attendre les autres, Evy sauta légèrement par-dessus bord. L'île était couverte d'arbres et de buissons. Plusieurs sentiers étaient nettement marqués dans la végétation. Au milieu de l'un d'eux se tenait un grand singe mâle de plus d'un mètre de haut. Il avait un long nez, une épaisse fourrure brune, le postérieur complète-ment nu et ressemblait davantage à un animal féroce prêt à bondir qu'à un singe de laboratoire. Evy sursauta.

— Mon Dieu, Francisca, je croyais que les singes Rhésus étaient de minuscules petites bêtes timides ! Regardez la taille de celui-là, on dirait qu'il aimerait me dévorer toute crue !

— C'est le patriarche de la famille. Ne vous laissez pas impressionner. Il est seulement venu voir ce que nous lui apportons... et il est exclusivement végétarien. C'est lui qui accueille toujours les bateaux. Le reste du troupeau n'a le droit de manger que quand son estomac

126

est plein. Mais nous devons d'abord aller à la cabane. C'est par là.

Elle fit un geste en direction du sentier qui menait en haut de l'une des collines. Evy la suivit, gardant un œil méfiant sur le grand mâle. Ray Boone prit sa suite, les mains vides. Evy lui demanda :

— Ne devrions-nous pas emporter les fruits avec nous ?

L'homme grogna :

— Pas la peine.

Evy haussa les épaules devant son manque de courtoisie. Il était évident qu'il était hors de son milieu habituel, et en mauvaise condition physique. Il s'essoufflait en gravissant le sentier comme un citadin peu habitué à la marche à pied. Ils arrivèrent à l'orée d'une clairière au sommet de la colline ; au milieu de l'espace dégagé entre les arbres se tenait une vieille cabane en bois. Une grande partie du tout s'était écroulée, les vitres des fenêtres avaient disparu.

Ray Boone leur cria :

— Arrêtez-vous !

Evy obéit. Francisca avait une expression étrange, presque désespérée. La porte de la cabane s'ouvrit, un homme de petite taille en sortit. Evy ne fut pas effrayée par son air menaçant, mais par le couteau à cran d'arrêt qu'il avait entre les mains.

— Mais… Mais vous êtes Alfred Schmidt !

L'homme s'approcha.

— C'est vraiment dommage que vous vous rappeliez ce nom, et pas l'endroit où est caché ce qui nous intéresse. Ray aussi est de Cleveland. Maintenant que vous voilà, pourquoi ne pas nous asseoir gentiment afin d'avoir une conversation détendue ?

Il agita la lame de son couteau sous le nez d'Evy qui recula, buta sur quelque chose et tomba.

L'homme qui était derrière elle prit la parole.

— Oui, c'est ça. Asseyez-vous, madame Santuccio. Savez-vous que j'étais un ami de votre mari ?

Evy était terrorisée, mais elle sentait aussi la colère monter en elle. Elle répondit d'un air méprisant.

— Il n'avait pas d'amis.

Le petit homme l'attrapa par le bras et lui fit heurter violemment le mur de la cabane. Sa tête résonna contre les planches disjointes.

Francisca intervint brusquement :

— Assez ! Il ne devait pas y avoir de violence ! Ils m'ont dit que vous deviez juste parler avec elle, alors tenez-vous-en là !

Alfred répondit :

— Mais c'est ce que je suis en train de faire. Nous avons juste un petit entretien, n'est-ce pas, madame Santuccio ? Et tenez-vous tranquille, ma petite dame. Si nous avions voulu lui parler normalement, nous ne l'aurions pas amenée ici. Nous l'avons fait pour le cas où certaines de ses réponses seraient trop compromettantes.

Francisca était maintenant aussi effrayée qu'Evy. Elle recula de quelques pas avec une expression indécise. Evy décida d'agir pendant que toute l'attention d'Alfred était portée sur Francisca. Elle se jeta sur l'homme au couteau, lui laboura le visage avec ses ongles, laissant une traînée sanglante qui allait de son front à sa gorge. Il lâcha un juron et lui saisit le bras. Evy lui assena de toutes ses forces un coup violent de son bras plâtré. L'homme, atteint au coin de la mâchoire, alla rouler à terre. Alors que Francisca commençait à avancer pour apporter son aide à Evy, l'homme retrouva ses esprits et sauta sur ses pieds. La jeune femme sentit le contact froid de la pointe du couteau sur sa gorge avant d'avoir pu bouger. A ce moment, Francisca décida de choisir son camp. Elle se rua sur Alfred Schmidt, le déséquilibra, le força à s'éloigner d'Evy.

— Viens m'aider !

L'homme hurlait en direction de son compagnon qui s'était éloigné un instant mais revenait en toute hâte, alerté par les bruits de la lutte.

Ray Boone ceintura Francisca et lui immobilisa les bras. Evy se précipita à son secours, mais il était trop tard. Le petit homme, rendu fou furieux par la colère, frappa violemment Francisca à deux reprises, juste sur le plexus solaire. Puis, après avoir soigneusement visé, il lança son poing contre la mâchoire de la jeune femme qui s'évanouit instantanément. Ray Boone laissa son corps inanimé tomber sur le sol. Evy ne pouvait lutter seule contre deux hommes.

— Maudites femmes ! Je devrais toujours refuser de travailler avec elles. Maintenant nous allons devoir nous débarrasser des deux.

Ray haussa les épaules.

— Nous n'aurions jamais pu amener l'autre ici sans l'aide de celle-ci. Cesse de faire des histoires, nous avons déjà pas mal de comptes à rendre à Cleveland. Occupe-toi de l'autre et fais-la parler. Dépêche-toi, ce fichu Texan pourrait intervenir d'une minute à l'autre, on ne sait jamais.

Le petit homme se tourna vers Evy acculée à la cabane. Il se dirigea lentement vers elle. Evy voyait du coin de l'œil que son complice approchait de côté, lui coupant toute retraite. Celui-ci commit une erreur : ce n'était pas lui qui avait le couteau, et il fut le premier à atteindre Evy. Sans même réfléchir, elle attaqua de nouveau avec ses ongles. L'homme hurla, tenant à deux mains son visage lacéré. Alfred Schmidt était déjà sur elle.

Il la prit à la gorge de sa main droite, pendant que de sa main gauche, paume ouverte, frappait si violemment que la tête d'Evy était projetée sur son épaule à chaque coup. Alors qu'elle se débattait pour trouver de l'air, la

129

jambe de l'homme faucha ses pieds. Elle tomba, hors d'haleine, maintenant complètement terrifiée.

Il se pencha pour approcher son visage à quelques centimètres de celui d'Evy.

— Si ce sont des coups que tu veux, je ne demande qu'à rendre service. Tu te tiendras tranquille ?

Elle hocha la tête en signe d'assentiment. Elle n'avait jamais été plus proche de la folie qu'à ce moment, mais quelque chose la soutenait et l'empêchait de sombrer, une force qu'elle n'avait jamais ressentie auparavant, le sens de la dignité, une sorte de fierté. Il fallait qu'elle préserve le respect qu'elle avait acquis envers elle-même, envers celle qu'elle était devenue ; il fallait qu'elle fasse tout pour que Jason, si jamais il apprenait ce qui s'était passé, soit lui aussi fier d'elle.

— Que... que voulez-vous de moi ?

— Dis-moi où il l'a caché. Où est-ce ?

Evy se mit à réfléchir rapidement. Où était-ce ? Qu'est-ce que c'était ? Quelque chose que Franck avait apporté à la maison, qu'il n'avait pas pu retrouver ensuite.

— Et qu'arrivera-t-il si je vous le dis ?

— N'essaie pas de gagner du temps. Nous devons partir d'ici dans moins d'une heure. Pense juste à ce qui arrivera si tu te tais.

— D'accord. Ce que vous cherchez est dans la maison. Mais je ne peux pas vous dire, il faut que je vous le montre.

Ray intervint :

— Ne tombe pas dans le piège. Allez, Fred. Je croyais que tu pouvais faire parler n'importe qui ! Le temps passe.

— Suffit ! Si tu n'avais pas tout gâché il y a quinze jours, nous n'en serions pas là. Je vais lui faire dire ce qu'elle sait, mais laisse-moi tranquille.

Il tira Evy sur ses pieds et la secoua comme une

poupée de son. Elle vit par-dessus l'épaule d'Alfred Schmidt que Francisca rampait sous le couvert des buissons. Puis elle aperçut un mouvement de l'autre côté. Elle cria tout à coup :

— Jason ! Dieu merci, vous êtes venu !

Le petit homme se retourna et fit un pas en avant. Cela fut suffisant pour qu'Evy parte en courant dans le sentier qui descendait la colline. Elle avait fait quelques mètres quand les branchages qui s'agitaient s'ouvrirent pour laisser passer deux singes. Alfred Schmidt hurla :

— Attrape-la !

Ray Boone, qui était le plus proche d'elle, se jeta à sa poursuite. La peur donnait des ailes à Evy qui dévalait la pente en zigzaguant d'arbre en arbre. Son poursuivant était à dix ou quinze mètres derrière elle, désorienté par ses changements de direction. Son complice ne fit aucun effort pour les suivre, sans doute certain qu'Evy ne tarderait pas à être rattrappée.

Elle avait presque atteint la plage quand elle entendit un bruit droit devant elle. Mon Dieu, pensa-t-elle, encore un de ces maudits singes ! Elle avait été effrayée par la taille de ceux qu'elle avait vus, mais il lui fallait fuir un danger plus grand. Elle continua dans la direction du bruit. Quelques secondes, elle heurtait de plein fouet la poitrine solide de celui dont elle avait tant souhaité la présence.

— Jason ?

— Oui, c'est moi. On dirait que j'arrive juste à temps !

La voix grave fit monter aux yeux d'Evy des larmes d'émotion.

Il la releva dans ses bras, mais ce fut pour la remettre comme un paquet entre ceux de Ramón qui avait surgi derrière lui. Elle tourna la tête afin de suivre Jason des yeux, le vit disparaître vers le sommet de la colline. Elle se reposa un instant contre Ramón, reprenant son souffle, puis se lança sur les traces de Jason.

Elle n'eut qu'une quinzaine de pas à faire pour le retrouver. Il était fièrement debout au milieu du sentier, les jambes écartées, devant le corps inanimé de l'individu appelé Ray Boone.

Elle soupira, étendit la main pour le toucher.

— Oh, Jason...

Il la regarda et sourit.

— J'ai failli arriver en retard, n'est-ce pas ? Notre hélicoptère a été retenu à Punta Borinquen, et Jaime et moi avons eu beaucoup de mal à venir jusqu'ici. Qu'est-ce qu'ils cherchaient, finalement ?

Il la prit contre lui, la souleva légèrement du sol. Elle frotta son visage contre l'épaule vigoureuse.

— Je... je ne sais toujours pas ce que c'est !

Les doigts de Jason effleurèrent les meurtrissures sur les joues d'Evy.

— C'est lui qui vous a fait cela ?

— Jason, je l'ai frappé ! Pas celui-là, l'autre. Je l'ai frappé avec mon plâtre et il est tombé !

Elle riait en parlant, et Jason l'imita.

— Eh bien, qu'est-il arrivé à ma petite froussarde ? Ne soyez pas trop fière de vous, moi aussi, j'ai frappé celui-ci et il est tombé.

— Oui, bien sûr, mais je n'avais jamais frappé personne auparavant, tandis que cela a dû vous arriver des millions de fois !

— Disons trente ou quarante fois, cela suffira. Mais je suis fier de vous. Où allez-vous donc ?

— Il faut s'occuper de l'autre !

Avant qu'il ne puisse l'arrêter, elle était partie en courant dans le sentier, les dents serrées, poussée par la rage et la soif de vengeance.

Elle fit irruption dans la clairière. Alfred Schmidt, qui attendait, adossé à la cabane, comprit aussitôt ce qui se passait. Il prit ses jambes à son cou. Evy se jeta à sa poursuite. Arrivée à un mètre de lui, elle se lança en avant de toutes ses forces, utilisant son élan pour lui attraper les genoux et le plaquer au sol dans un style que n'aurait pas désavoué un joueur de rugby expérimenté.

Quand Jason arriva sur les lieux, Evy maîtrisait les derniers efforts de l'homme pour se dégager, à grands coups de plâtre.

Il éclata de rire et lui fit lâcher sa victime.

— Allons, jeune harpie, calmez-vous ! Voici venir le bras de la justice.

En effet, Rámon était là. Suant et soufflant, il appliqua une paire de menottes sur les poignets d'Alfred Schmidt. Il s'essuya le front.

— Ma grand-mère dit toujours que je devrais me maintenir en meilleure forme... La pente était rude !

Eric s'appuya contre Jason, tremblante.

— Jason, vous avez vu, je l'ai eu ! Maintenant que nous les avons tous capturés, tout ira bien.

Il lui sourit.

— Disons que nous avons trouvé une autre pièce du puzzle. Tout n'est pas encore résolu. Allons, ne faites pas cette mine découragée.

— Je n'aurai jamais le courage de recommencer cela...

Elle interrompit sa phrase et s'écria :

— Francisca ! J'avais oublié Francisca ! Que lui est-il arrivé ? Elle a essayé de m'aider, Jason. Ils l'ont assommée.

— Ne vous inquiétez pas. Jaime s'occupe d'elle.

Une voiture de police les attendait sur la jetée ; les deux prisonniers y furent embarqués. Francisca et Jaime avaient disparu. Jason refusa en souriant de répondre aux questions d'Evy à leur sujet. Ils se retrouvèrent tous les deux seuls sur le port. Jason demanda :

— Voulez-vous que nous marchions jusque chez vous ?

— Je veux bien, si vous mettez votre bras sur mon épaule.

Il obéit, et ils firent le chemin serrés l'un contre l'autre aussi étroitement que des frères siamois. Jason remarqua :

— Pour une jeune femme aussi durement éprouvée que vous l'avez été, vous me paraissez bien rayonnante ! Vous avez été très brave sur l'île aux Singes.

Evy parut fort satisfaite d'elle-même.

— Oui, je le trouve aussi ! C'est un peu grâce à vous, vous savez ? Je voulais que vous soyez fier de moi.

— Tiens, regardez !

Maria descendait la rue de toute la vitesse de ses vieilles jambes. Elle fut bientôt près d'eux.

— Oh, *linda* ! C'en est trop pour mon cœur fatigué ! Un homme horrible est venu avec un caniche. Je voulais le jeter dehors à coups de balai, mais il avait un insigne officiel. Vite, venez avant qu'il ne vole toute l'argenterie !

— Mon Dieu, qu'est-ce que c'est encore que cette histoire ?

Cette journée était décidément trop riche en événements. Si Jason n'avait pas été là, Evy se serait arrêtée au milieu de la rue avec Maria et elles auraient pleuré toutes les larmes de leur corps. La jeune femme se tourna vers Jason.

— Jason, vous n'allez pas m'abandonner ?

— Je ne pense pas, tant que vous ne me chasserez pas. Allons voir à quoi cet homme ressemble. Il ne doit pas être si terrible que cela.

Le chien se jeta sur eux dès qu'ils se présentèrent à la porte de la maison. C'était un caniche au poil tondu avec art, portant un ruban bleu en guise de collier, retroussant ses babines sur des dents aigues et minuscu-

134

les. Evy se réfugia derrière Jason en poussant un cri perçant.

— Ce n'est qu'un chien.

Jason avait parlé d'un ton solennel, mais il paraissait avoir du mal à s'empêcher de rire. Il reprit :

— Je ne sais pas quoi faire. Si j'essaye de l'attraper, il me mordra. Si je le laisse par terre, vous allez mourir de peur. Une solution s'impose : c'est vous que je vais prendre dans mes bras.

Il la souleva et la serra contre lui. Elle se sentait si bien ainsi, Francisca était loin ! Elle murmura contre son épaule :

— Et comment savez-vous que je ne vais pas vous mordre ?

— Je vous préviens, j'ai l'ouïe extrêmement fine !

Elle ressentait la même sensation grisante qui l'avait envahie la première fois qu'il l'avait tenue dans ses bras. Jason la porta jusqu'au salon.

Et là, ses chaussures sales posées sur sa jolie table basse, fumant un cigare nauséabond qui empestait toute la pièce, se tenait M. Smith, l'horrible M. Smith.

Evy sauta sur ses pieds, vibrante de colère.

— C'en est trop ! Otez vos pieds répugnants de ma table ! Et si vous n'avez pas de mandat de perquisition, monsieur Smith, qui que vous soyez, vous pouvez ramasser votre sale petit chien et sortir de chez moi ! Immédiatement !

Il lui adressa un sourire grimaçant en se levant de son fauteuil et s'adressa à Jason :

— C'est bien la jeune femme qui a peur de son ombre ? Vous devriez lui expliquer tout avant qu'elle ne me saute au visage !

Evy explosa de fureur, se mit à marteler la poitrine de Jason avec ses poings.

— Sale conspirateur !

Il lui prit les mains et l'immobilisa en riant.

— Evy, Evy... Vous allez me casser une côte avec ce plâtre. J'ai invité M. Smith, ainsi que son chien qui va nous aider à résoudre toute l'affaire.

— Vous avez osé ! Vous n'êtes qu'un...

Elle s'interrompit, serra les poings jusqu'à ce que ses ongles s'enfoncent dans ses paumes, se calma.

Jason l'interrogea d'une voix faussement anxieuse.

— C'est fini, maintenant ?

Elle répondit doucement :

— Oui. Expliquez-moi.

— Je crois qu'une démonstration serait plus parlante qu'une explication. Le chien de M. Smith a des talents particuliers.

— Je vais vous montrer, madame.

M. Smith alla vers la porte, claqua des doigts. Le caniche répondit aussitôt à son appel, le suivit à travers le couloir, jusque dans la cuisine. Evy, Jason et Maria se massèrent derrière l'homme et le chien.

M. Smith fouilla dans sa poche.

— Nous allons commencer par cette pièce. Tiens, mon petit.

Il tint devant le nez du caniche un paquet de petite taille, sans doute fait d'une feuille de papier pliée.

Il ordonna :

— Maintenant, va !

Le chien se mit à tourner dans la pièce, allant et venant jusqu'à ce qu'il ait exploré chaque centimètre carré. Ses recherches terminées, il revint s'asseoir aux pieds de M. Smith.

— Il n'y a rien ici.

Le vieil homme sortit de la cuisine, entra dans l'atelier où la même scène se reproduisit. Ils firent ainsi le tour complet de la maison, parvinrent enfin dans la salle à manger. Le petit caniche recommença à parcourir le sol en tous sens. Au bout de quelques minutes, il s'immobilisa, les sens en alerte, puis gratta furieusement le plancher juste en-dessous du centre de la grande table, poussa un léger aboiement. M. Smith s'approcha rapidement.

— C'est quelque part par là. Sur, sous, ou à l'intérieur de la table.

Il ramassa le caniche avec une agilité surprenante, le posa sur la table. L'animal se dirigea immédiatement vers la couronne décorée de houx artificiel, sur laquelle étaient fixées quatre grosses bougies rouges prêtes à éclairer le dîner. Le chien se mit à l'arrêt et aboya avec force.

M. Smith le souleva et le reposa doucement sur le sol. Il déclara calmement :

— C'est là.

Evy n'y comprenait rien.

— Qu'est-ce qui est là ?

— Ce qu'ils cherchaient.

Il tira la couronne à lui, prit un couteau dans sa poche.

— Qu'est-ce que vous faites ?

La lame du couteau entamait le plastique moulé en forme de bûchettes qui formait la couronne. Une pincée de poudre blanche s'en échappa. M. Smith tira d'une main un mouchoir de sa poche, l'étendit sur la table, y fit couler une quantité considérable de poudre.

Le silence était total. Evy murmura :

— Je... je ne comprends pas.

Le vieil homme grogna :

— C'est la fin de votre énigme, madame. C'est ce que ces hommes recherchaient. C'est pour rapporter cela que votre mari a fait un voyage sur la côte il y a trois ans. Ensuite, lui ou ses amis ont pensé qu'ils pourraient profiter du désordre qui régnait dans le « Syndicat » à cette époque pour subtiliser cette marchandise. Mais bien sûr, quand la paix est revenue, quelqu'un s'en est souvenu.

Evy ne pouvait détacher ses yeux du tas de poudre d'un blanc brillant.

— Mais… Qu'est-ce que c'est ?

— Ils savaient que cela se trouvait dans votre maison ; ils croyaient que vous étiez au courant depuis le début. C'est de l'héroïne, madame. De l'héroïne pure, prête à être diluée. Si je ne me trompe, la quantité que nous avons là se vendrait dans la rue plus de sept cent mille dollars. C'est largement suffisant pour que le « Syndicat » veuille la récupérer.

— Mais je ne savais pas !

Elle s'adressa à Jason.

— Je ne savais pas ! C'est juste une vieille décoration de Noël ! Je l'avais emballée sous ma collection de poupées. Je ne savais pas ce qu'il y avait dedans. Vous me croyez, Jason ?

Il la remit à l'abri dans ses bras.

— Je sais que vous dites la vérité. Et M. Smith le sait aussi.

— Est-ce qu'ils vont me poursuivre toujours à cause de cette héroïne ?

M. Smith proclama d'un air jovial :

— Certainement pas ! Dès demain, nous allons raconter à la presse comment une excellente citoyenne — c'est vous dont il s'agit, madame Hart — a aidé les agents du gouvernement à retrouver l'héroïne manquante. Nous ajouterons peut-être même quelques photographies. Et ce sera réglé. Le « Syndicat » a d'importantes affaires à gérer ; Ils n'ont pas de temps à perdre en persécutant les innocents qui ont fait échouer leurs plans. Maintenant que la marchandise n'est plus entre vos mains, vous êtes en sécurité. S'ils se vengent contre quelqu'un, vous pouvez être sûre que ce ne sera pas contre vous.

Il noua ensemble les quatre coins de son mouchoir, le fit disparaître dans sa poche.

138

— Et maintenant, si je n'étais pas un homme si horrible, je mériterais bien une tasse de café.

Evy devint écarlate de confusion.

— Je... Puis-je vous en offrir une, monsieur ?

10

Le soleil lui chauffa le dos quand elle s'allongea avec volupté sur sa serviette de bain. Jason était encore dans l'eau. Seule sa tête était visible, un point noir à la surface de l'Atlantique. Elle le regarda s'approcher du bord, marcher hors de l'eau, admirant sa silhouette de statue grecque aux muscles parfaitement dessinés. Un instant plus tard, il se laissa tomber à côté d'elle, ruisselant.

Evy protesta :

— Vous m'avez éclaboussée ! Mon maillot était presque sec.

— Ce ne serait pas arrivé si vous portiez un bikini.

Il tira une serviette à lui, se frictionna vigoureusement.

— Je n'ai pas de bikini ! Et si j'en avais un, je ne le porterais que si vous étiez à cinquante kilomètres de là.

— Je me demande si je ne vous préférais pas quand vous aviez peur de tout et que vous n'osiez pas répondre.

Il posa sa serviette avec un grand sourire, s'appropria la main droite d'Evy.

— Voilà une main qui me paraît beaucoup plus jolie sans plâtre. Quelle impression cela vous fait-il ?

— J'ai l'impression qu'elle est... nue.

Il retourna la main ouverte, en examina soigneusement la paume, s'exclama d'une voix mélodramatique :

— Vous avez une très longue ligne de vie. Et je vois également d'après votre ligne de cœur que vous allez rencontrer un grand étranger au teint hâlé qui vous donnera... six enfants ! Votre main me plaît bien, toute nue. C'est dommage que nous ne puissions pas voir le reste de la même façon !

— Voyons, Jason, tenez-vous tranquille ! C'est la raison pour laquelle je n'ai pas mis de bikini, en fait. Pourquoi riez-vous ? Vous le saviez ?

Il rit et prit le menton d'Evy dans son autre main.

— Jason ! Quelqu'un pourrait nous voir !

Elle lutta faiblement pour se dégager.

— Allons, regardez autour de vous ! Il est huit heures du matin.

La baie du Luquillo, doucement arrondie, était bordée d'une plage au sable d'un blanc pur qui ne portait pas encore la moindre trace de pas humains ; les vagues puissantes de l'océan Atlantique, ralenties par le banc de corail, venaient suavement mourir à leurs pieds. Derrière eux se dressaient les montagnes, si proches qu'on aurait cru pouvoir les toucher : El Yunque, le volcan depuis longtemps endormi ; El Toro, le veilleur tourné vers l'ouest, et les deux pics plus petits qui les séparaient. Un navire de guerre traversait l'horizon, se dirigeant vers le mouillage de Roosevelt Roads, au sud de l'île.

— Que vous avais-je dit ? Deux kilomètres de plage ininterrompue, et personne d'autre que nous.

Il la saisit brusquement à bras-le-corps et la tira sur lui, alors qu'elle poussait de petits cris aigus. Elle voulut se débattre, ou du moins en donner l'impression, mais il la tenait fermement. Elle sentait le contact de ses muscles durcis comme il la serrait contre son torse, la chaleur de ses cuisses vigoureuses contre ses jambes. Il

142

riait aux éclats, jusqu'à ce qu'elle glisse ses deux bras autour de son cou et lui ferme la bouche en y déposant ses lèvres. Tout bascula instantanément. La sonnette d'alarme qu'elle connaissait bien résonna dans son esprit, mais elle l'ignora et poursuivit avec passion son exploration des sensations étranges que cet homme faisait naître en elle, jusqu'à ce que le souffle lui manque.

— Qu'est-ce que je suis en train de faire ?

Elle avait cru se parler à elle-même, mais Jason lui répondit par un sourire. Elle essaya de se séparer de lui, aussi bien mentalement que physiquement ; elle n'y parvenait pas. Il lui murmura :

— Cessez de vouloir tout comprendre, laissez-vous aller.

Chaque fois qu'Evy s'était laissée aller dans sa vie, les résultats avaient été catastrophiques. Elle s'assombrit.

— Je croyais vraiment que j'étais devenue courageuse, mais ce n'est pas vrai. Je ne peux pas me métamorphoser si vite, j'ai eu peur de tout pendant des années. Je suis désolée, Jason, mais je n'y peux rien.

— C'est seulement un peu trop tôt. Je sais déjà ce que vous deviendrez quand vos peurs disparaîtront complètement, Evy Hart. Il faut juste que je trouve un moyen de vous en débarrasser. Si vous voulez, parlons d'autre chose.

— D'accord. A quelle heure devons-nous retourner à Fajardo pour prendre Maria ?

— A midi. Mais vous savez bien qu'elle a monté toute cette histoire pour que nous soyons seuls. Elle ne me fera pas croire qu'il était absolument nécessaire qu'elle vienne jusqu'à Fajardo, simplement parce que son arrière-petit-fils a percé une dent !

Evy refusa d'attribuer à la vieille dame qu'elle respectait tant un esprit aussi tortueux.

143

— Je suis sûre que c'est une ancienne coutume espagnole.

— Allons donc ! Elle a seize petits-enfants et sept arrière-petits-enfants. Son excuse ne tient pas debout.

— Peu importe leur nombre, si elle les aime. Parlez-moi de Francisca.

— Que voulez-vous que je vous dise à son propos ?

— Elle m'a dit que vous deviez vous marier. Elle m'a même cité la date, et l'église où la cérémonie devait avoir lieu ; c'est pour cela que j'ai quitté la plantation.

— C'était un énorme mensonge, Evy. vous l'avez crue ?

— Ma foi oui, je l'ai crue. Cela m'a paru tout à fait plausible. A cette époque, je pensais que vous étiez du genre à ménager la chèvre et le chou.

— Eh bien, vous avez une belle opinion de moi ! Et laquelle de vous deux était la chèvre, laquelle le chou ?

— C'est l'opinion que j'avais, pas celle que j'ai.

— Vous voulez dire que vous avez changé d'avis ?

— Oui... Je veux dire... Cessez de plaisanter ! Dites-moi pourquoi elle a fait cela.

— Pour de l'argent, je suppose. Elle appartient à une vieille famille de l'île, des plus respectables. Mais quand ses parents sont morts, elle s'est retrouvée sans un sou, dans une situation plutôt difficile. Elle a beaucoup de talent, vous savez, mais sa maison de couture n'est pas assez rentable, et elle aime l'argent. Je lui ai proposé de l'aider de nombreuses fois ; elle est trop fière pour accepter ce qu'elle voit comme de la charité. Quand on s'est servi de ses créanciers pour faire pression sur elle, elle a cédé. Je ne l'ai jamais vraiment intéressée, Evy. C'est Jaime qu'elle aime, depuis l'âge de douze ans. Mais ils l'ont forcée à servir leurs plans ; il fallait qu'elle trouve un moyen de vous amener à découvert. Celui qu'elle a employé a parfaitement marché, n'est-ce pas ?

— Elle m'a aidée, Jason. A la fin, au moment le plus

important, elle m'a aidée. Que va-t-il lui arriver maintenant ?

— C'est très simple. Elle va se marier avec Jaime la semaine prochaine. Ensuite, ils partent pour le Venezuela où notre compagnie les envoie pour gérer les plantations que nous avons là-bas. Tout va pour le mieux, croyez-moi. D'autres questions ?

— Je pourrais en trouver des millions. Voyons... Comment saviez-vous que j'étais sur l'île aux Singes ?

— C'est Ramón qui m'a prévenu. Il avait chargé un de ses hommes de vous surveiller vingt-quatre heures sur vingt-quatre. Malheureusement, Jaime et moi avons été retenus à Punta Borinquen ; il n'a pas pu nous joindre avant que vous ne soyez déjà partie pour l'île.

— Vous êtes tout de même arrivés vite...

— Vous vous rappelez que je vous ai dit un jour que « El Semillo » était tout proche de Playa de Santiago à vol d'oiseau ? Nous avons mis cinq minutes pour descendre du haut de la montagne. Je voulais aller également jusqu'à l'île aux Singes en hélicoptère, mais Ramón a insisté pour les prendre sur le fait.

— Et tout s'est arrêté là ? N'ont-ils pas réussi à remonter la filière, à démasquer les supérieurs de Schmidt et Boone ?

— Non. Ce n'est pas si facile, Evy. L'enquête a permis de faire peser des soupçons sur certaines personnes à Cleveland et à San Juan, mais c'est tout. Le seul résultat valable de cette histoire a été de vous débarrasser du « Syndicat ». Avez-vous apprécié l'histoire que les journaux ont racontée ?

— Je... Vous savez bien que je n'ai pas été aussi héroïque qu'ils l'ont dit, ils ont tout arrangé à leur manière... Mais la photographie qu'ils ont publiée était jolie.

— Aussi jolie que vous.

Il laissa vagabonder ses mains sur les épaules et sur le

cou d'Evy. Elle n'avait pas l'intention de l'arrêter : la plage était toujours aussi déserte, et il fallait admettre que c'était bien agréable !

— Maintenant, c'est moi qui vais vous poser une question, Evy.

« Je ne suis pas sûre de pouvoir y répondre, se dit-elle, si ces mains ne s'écartent pas de moi... » Elle s'assit dans le sable, les genoux sous le menton.

— Je vous écoute.

— Evy, voulez-vous m'épouser ?

Elle eut l'impression qu'on venait de lui verser sur la tête un seau d'eau glacée. Son corps fragile frissonna sous la violence des images et des souvenirs qui éclataient dans sa mémoire. Franck l'avait dit exactement de la même façon : « Evy, voulez-vous m'épouser ? » Ensuite il lui avait répété pendant des semaines combien il la haïssait. Elle entendait encore sa voix furieuse la couvrir d'insultes. Elle se rappelait les choses avilissantes auxquelles il l'avait contrainte, les coups, les cris de rage... Elle ne pouvait rien oublier.

Elle se leva, évitant la main que Jason lui tendait, et se mit à courir droit devant elle jusqu'à ce qu'elle ne puisse plus poser un pied devant l'autre. Elle s'abattit sur le sable, laissant libre cours à ses larmes.

Quand ses sanglots s'apaisèrent, elle se souleva sur un coude, essuya mécaniquement le sable qui collait à sa joue. Jason était assis à côté d'elle. Elle s'accroupit gauchement, le regarda à travers ses dernières larmes. Elle voulait tant vivre avec lui, le voir toujours à ses côtés... Mais surtout pas se marier avec lui. Il découvrirait la vérité sur elle, et tout serait fini. Elle céda, se décida pour une demi-mesure.

— Est-ce que... vous me désirez vraiment ?

— Je donnerais tout pour que vous soyez à moi.

— Ce ne sera pas la peine. Si vous me désirez, je...

146

Vous n'aurez pas à m'épouser. Je pourrais, si vous voulez... Ce n'est pas la peine que...

Il l'interrompit brusquement :

— Je ne veux pas d'une aventure qui dure une nuit. Je veux m'engager pour la vie. Je veux que vous soyez à moi, que nous ayons des enfants, que nous finissions nos jours ensemble, Evy !

« Moi aussi je le veux, moi aussi, lui cria-t-elle silencieusement, mais c'est impossible ! » Elle essaya de combattre les larmes qui recommençaient à monter, refusa de répondre et de rencontrer le regard de Jason.

— Nous devrions aller chercher Maria, dit-il.

Elle acquiesça de la tête, accepta de lui prendre la main pendant qu'ils retournaient à la voiture. Sur le point de mettre la clé de contact, Jason suspendit son geste. Il demanda doucement :

— Dites-moi juste une chose, Evy. Me trouvez-vous repoussant physiquement ?

— Repoussant ! C'est ridicule ! Je crois plutôt que vous êtes trop attirant. C'est seulement que... C'est le mariage qui... S'il vous plaît, Jason, je voudrais retourner chez moi !

Il démarra, murmurant entre ses dents :

— Je voudrais vraiment savoir ce que ce salaud a bien pu vous faire !

Ils ne prononcèrent pas un mot pendant le voyage de retour jusqu'à Playa de Santiago. Maria se chargea de la conversation en leur donnant des nouvelles abondamment commentées de chaque membre de sa famille. Jason resta dîner avec elles, puis partit après avoir eu un long conciliabule avec Maria.

A son réveil le lendemain matin, Evy se sentit mieux et mangea de bon appétit. Elle remarqua que Maria l'observait d'un œil attentif, mais la vieille dame ne fit aucune réflexion sortant de l'ordinaire.

Evy décida après son petit déjeuner de terminer ses travaux de jardinage. Elle se mit à désherber le massif de rosiers, tout en réfléchissant.

Pouvait-elle accepter la proposition de Jason ? Si ce que Franck lui avait dit était vrai, ce second mariage serait un autre désastre. Mais Jason n'était pas comme Franck. Il ne la battrait probablement pas pour se soulager de sa frustration. Probablement ? Bien sûr, il ne le ferait pas ! Quelle serait sa réaction, s'il était déçu ? Incapable de répondre à cette question, elle la mit de côté.

Ce qu'il fallait qu'elle sache, c'est si elle aimait Jason. Oui, il ne pouvait y avoir aucun doute à ce sujet. Elle l'aimait et elle lui faisait confiance. Souhaitait-elle se marier avec lui ? Oui, de tout son cœur. Alors, quel était le problème ?

Le problème était — Evy s'arrêta un instant dans sa tâche pour rechercher les mots exacts — qu'elle n'était pas sûre de pouvoir le satisfaire. Elle saurait lui faire la cuisine, lui parler, l'aimer de toutes ses forces. Mais il n'y avait pas que cela dans le mariage...

Maria fit irruption dans le jardin, rayonnante.

— Il est revenu, *linda*. Il m'a dit : « Doña Maria, elle n'a pas de famille, aussi je m'adresse à vous », je lui ai répondu : « C'est vrai, elle est comme ma petite-fille » ; il a dit : « Je veux l'épouser » et j'ai répondu : « Elle est dans le jardin, allez-y vite ! »

— Oh, Maria, pensez-vous...

— Je savais que vous auriez de la terre sur le nez, mais je lui ai dit de venir quand même. Quand un homme parle mariage, il ne faut pas perdre une minute, ou il change d'avis. Il arrive.

Maria disparut. Dès qu'il aperçut Evy au fond du jardin, Jason se dirigea vers elle avec l'air résolu du matador qui doit affronter un taureau furieux. Il commença aussitôt à parler d'une voix forte :

148

— Maintenant, écoutez-moi. Je pensais ce que je disais quand je vous ai demandé de m'épouser, et je n'ai pas l'intention... ?

Elle coupa sa phrase, les mains derrière le dos, les doigts croisés.

— Oui !

— Ne m'interrompez pas. J'ai pensé à ce que j'allais vous dire toute la nuit. Où en étais-je ?

— Vous n'avez pas l'intention...

— Je n'ai pas l'intention de laisser vos expériences passées se dresser entre vous et moi... Qu'avez-vous dit ?

— J'ai dit : vous n'avez pas l'intention...

— Non, avant.

— J'ai dit oui.

Il demanda d'un air prudent :

— Vous avez dit oui... à quoi ?

— Si je me souviens bien, vous proclamiez que vous vouliez m'épouser. J'ai répondu : oui.

— Vous avez répondu : « Oui, je sais que vous le voulez » ou : « Oui, j'accepte » ?

Evy éclata de rire.

— Mon Dieu, si nous avons toujours ce genre de conversation dans le futur, tous nos enfants deviendront avocats !

— Evy !

Il avait crié son nom avec tant de force que Maria sortit en courant de la cuisine. Elle vit Jason soulever Evy du sol et la faire tournoyer. Elle se précipita vers eux.

— Qu'est-il arrivé ?

Jason répondit gaiement :

— Rien encore, mais cela ne va pas tarder !

A partir de ce moment, Evy eut l'impression que tout ce qui arrivait concernait quelqu'un d'autre. Pendant une semaine, elle regarda les autres s'agiter pour préparer le mariage, sans se rendre compte que ce serait le sien. Il devait avoir lieu à la cathédrale de San Juan. « Ce sera très simple », lui avait dit Jason ; aussi avait-elle acheté une robe très simple, d'un ivoire délicat, avec un corsage ajusté et une jupe ample. Maria avait insisté pour lui prêter un voile qui provenait du trousseau de sa famille, ainsi que la légère couronne en filigrane d'or qui devait le maintenir sur sa tête.

Jaime la conduisit à l'autel, Ramón fut son garçon d'honneur. Francisca était discrètement assise au dernier rang de l'assistance.

Ils furent mariés dans la chapelle de la cathédrale, juste à quelques pas de la tombe de marbre sculpté qui contenait les restes mortels de Ponce de Léon, le premier gouverneur espagnol de l'île.

Alors que la petite procession solennelle s'ébranlait à la suite des mariés à la fin de la cérémonie, Evy chuchota à l'oreille de Jason :

— Elle est fausse !

— Pardon ?

— La tombe de Ponce de Léon. La date inscrite est 1909, alors qu'il est mort en 1521 à La Havane !

— Tu es supposée ne voir que moi en ce jour merveilleux, et non examiner les tombes !

— Mais je n'ai pas pu m'empêcher de la remarquer. Elle est tellement fantaisiste !

— Voilà que les tombes sont fantaisistes le jour de mon mariage ! Je me demande ce que l'avenir me réserve. Veuillez vous taire et sourire, madame !

Ils souriaient tous les deux en atteignant la lumière du jour.

La réception eut lieu au club des officiers de la Marine. Tout le monde était là : la famille de Maria, ce qui représentait un nombre considérable de personnes,

150

les employés de la plantation et des bureaux de San Juan, les amis et associés de Jason.

Jason avait garé sa limousine juste devant l'entrée du club. Quand ils voulurent quitter la fête discrètement, ils retrouvèrent la voiture abondamment décorée de rubans, d'inscriptions de plus ou moins bon goût, munie de casseroles et autres ustensiles accrochés au bout d'une ficelle au pare-chocs arrière. Evy regarda l'ensemble avec embarras, pensant que Jason allait être furieux, mais il eut un rire moqueur.

— Ils sont tombés dans le piège !

Les joyeux plaisantins se massaient déjà à la porte pour les voir partir au son des casseroles. Jason prit le bras d'Evy et se dirigea rapidement vers une voiture anonyme qui les attendait à l'angle de l'immeuble. Comme ils démarraient et repassaient devant le club, quelqu'un à l'intérieur sonna au clairon ou à la trompette la charge de la cavalerie.

Ils eurent quelques difficultés à se frayer un chemin dans les embouteillages du samedi après-midi. Ils atteignirent enfin la sortie de la ville. Evy se détendit sur son siège.

— J'aime beaucoup cette robe.

Jason lui jeta un regard appréciateur. Pour son voyage de noces, elle avait choisi une robe bain de soleil blanche, dont la jupe courte virevoltait avec coquetterie. Sa tenue était complétée par des chaussures à talons plats et un grand chapeau, tous deux également blancs.

— Tu n'es pas mal non plus.

Elle l'avait trouvé impressionnant en costume blanc, mais sa gorge se serrait d'émotion quand elle le regardait comme il était à présent, en tenue décontractée, les cheveux au vent. Elle reprit :

— Où allons-nous ?

— Jusqu'à El Yunque. J'ai réservé une chambre à *La Mina*. Cela se situe dans la forêt expérimentale de

Luquillo, la seule forêt tropicale des Etats-Unis, d'après ce que je crois savoir... A moins que tu en connaisses une autre ?

— Je ne sais pas ; c'est ton domaine. Je ne me rappelais pas que tu conduisais si mal. Ne pourrais-tu pas regarder la route de temps en temps ?

— Quand je te vois assise toute droite avec cette robe, j'ai envie d'arrêter la voiture sur le bas-côté pour pouvoir te mordre.

Elle rit, essaya sans grand succès de tirer sa robe sur ses genoux.

— Tu ferais mieux de te retenir : je viens juste de voir un panneau interdisant les morsures sur la route.

— C'est drôle, je ne te crois pas tout à fait.

Pourtant il fit un peu plus attention, comme elle le lui avait demandé.

Ils arrivèrent à destination à deux heures de l'après-midi, au beau milieu de la sieste. Personne ne se présenta pour les conduire à leur chambre. En fait de chambre, il s'agissait plutôt d'un bungalow accroché au flanc de la montagne. Jason avait déjà pris les clés ; ils cherchèrent eux-mêmes parmi les petits pavillons épars celui qui leur était réservé. Jason gara la voiture quand ils l'eurent trouvé.

— On ne peut pas dire que ce soit une résidence de luxe ! J'avais oublié que ces bungalows étaient si vieux. Tu aurais peut-être préféré un hôtel sur la plage ?

— Oh non, je trouve ça charmant. Toutes ces plantes grimpantes, et ce ruisseau qui passe juste à côté du pavillon... Et regarde, Jason, regarde : une orchidée pousse là-haut !

— Est-ce que tu veux que j'aille te la chercher ?

— Certainement pas, tu te briserais le cou. Laisse-la sur son arbre. Elle a l'air tellement... Oh, Jason !

— Qu'est-ce qu'il y a ?

— Je... je ne sais pas. Tout est si beau... Que fais-tu ?

— Je te prends dans mes bras pour franchir le pas de la porte. C'est pourtant évident.

Il ferma la porte derrière eux ; elle jeta un regard autour d'elle. Il y avait une seule grande pièce, composée d'une partie salon et d'une partie chambre à laquelle était rattachée une minuscule salle de bains. Tout à coup, l'attention d'Evy fut attirée par le lit. L'état de rêverie détachée qui avait été le sien pendant une semaine cessa brusquement ; elle ressentit un choc qui la fit revenir sur terre. Elle se débattit pour se dégager des bras de Jason, n'arrivant pas à contrôler complètement la panique qui l'envahissait. Elle se mit à parler sur un rythme précipité :

— Il fait... terriblement chaud. Je crois que j'ai vu une piscine près du restaurant, n'est-ce pas ? Est-ce que tu n'aimerais pas... nager un peu ?

Il lui adressa un de ses sourires calmes et légèrement moqueurs.

— Calme-toi, Evy. Si tu veux aller nager, nous irons nager. Mais rappelle-toi seulement que nous sommes au sommet d'une montagne !

— Ce n'est pas grave. Nous pourrions être à la surface de la lune. Tout ce qui m'intéresse c'est de sortir de cette chambre, de m'éloigner de ce lit. Laisse-moi... Où ai-je mis mon maillot de bain ?

Vingt minutes plus tard, ils gravissaient le sentier. Jason l'avertit :

— Reste bien dans le chemin, le sol qui nous entoure est fait de lave volcanique.

Evy sentit ce qui restait de son courage disparaître.

— Il y a un volcan ?

— Ne t'inquiète pas. La dernière éruption date de si longtemps que la lave commence à se désintégrer sous la couche de surface. Si cette couche est trop fine, elle peut craquer à tout moment sous tes pieds. Je ne veux pas que tu passes notre lune de miel avec un plâtre. Prends mon bras.

Elle s'accrocha à lui comme si sa vie en dépendait. Il lui adressa un sourire rassurant. « Il n'a pas besoin de savoir, se dit-elle, que je me serre contre lui plus par plaisir que par peur ! »

Quand ils atteignirent la petite piscine naturelle, elle laissa tomber la serviette qu'elle portait sur l'épaule et sa mit à courir.

— Attention !

Il était trop tard pour qu'elle entende l'avertissement de Jason. Elle plongea la tête la première, sortit aussitôt de l'eau en poussant un cri. La piscine contenait de la glace liquide !

Jason la regardait en riant. Elle frappa ses pieds sur le sol pour se réchauffer et cria avec colère :

— Pourquoi ne m'as-tu pas prévenue ?

— J'ai essayé ! C'est encore une piscine alimentée par l'eau de la montagne ! Désirez-vous nager un peu plus longtemps, madame ?

Elle courut vers lui avec l'intention de se venger, mais sa colère se transforma bientôt en éclats de rire, comme Jason la chatouillait jusqu'à ce qu'elle en perde le souffle. Jason la lâcha quand elle demanda merci. Dès qu'il eut fait un pas en arrière, elle le poussa traîtreusement dans l'eau glacée. Malheureusement, cela lui fit perdre l'équilibre, elle tomba à sa suite. Ils s'amusèrent dans l'eau pendant quelques minutes, puis nagèrent avec énergie de long en large. Ils retournèrent à leur bungalow de très bonne humeur.

Evy alla droit vers la salle de bains pour se déshabiller et se sécher, pendant que Jason faisait de même dans le séjour. Evy se drapa dans une serviette et entra dans la chambre, le cœur battant, résolue à passer la dernière épreuve qui ferait d'elle une autre femme. Il l'attendait, lui aussi uniquement vêtu d'une serviette qu'il avait nouée autour de ses reins.

Elle courut vers lui, poussée par une force et un désir qu'elle n'avait jamais ressentis auparavant. Sa serviette tomba, elle sentit le contact du torse nu de Jason sur sa poitrine, de ses lèvres chaudes sur les siennes. Evy s'aperçut que tout sentiment de panique avait disparu, emporté par la passion. Il couvrit de baisers fiévreux le visage, le cou, les seins de la jeune femme, avant de l'enlever dans ses bras pour la déposer sur le lit.

Le monde entier s'évanouit pour Evy. Il n'existait plus que ce corps près du sien, ces baisers qui traçaient sur elle des traînées de feu. Tout d'abord elle resta passive, recevant les caresses avec passion, puis elle commença à explorer ce corps d'homme qui frémissait contre elle, jusqu'à ce que la torture du désir les fasse gémir tous les deux.

Jason se glissa au-dessus d'elle ; leurs corps se joignirent, possédés par la même violence sensuelle. Evy ressentit une douleur aiguë et éphémère. Jason dut sentir qu'il se passait quelque chose, car son rythme ralentit pendant un bref instant. Ils atteignirent ensemble l'éblouissement merveilleux du plaisir partagé.

Ils se reposèrent l'un contre l'autre, apaisés. Jason murmura :

— C'est incroyable, Evy ! Tu as été mariée, et pourtant tu étais vierge !

Elle s'assit sur le lit, extrêmement embarrassée et soulagée à la fois.

— Est-ce que… Est-ce que cela t'a plu ?

— Quelle question ! Cela ne se voyait pas ?

— Je… Il… Il disait que c'était ma faute, que je ne pouvais pas satisfaire un homme, que tout se passait bien quand il était avec une autre femme. Et… il essayait, et à chaque fois il me battait parce qu'il était frustré. Et… je le croyais, je croyais que si nous nous mariions, tu découvrirais que je ne pouvais pas satisfaire un homme. Mais je t'aime tellement, il fallait que j'essaye. Tu me comprends, n'est-ce pas ?

— Tu étais mariée à un fou dangereux, et à un menteur. Tu es une femme tout à fait normale. Ce n'est pas parce que ton premier mari était impuissant que tu dois te ronger de remords toute ta vie, Evy.

— Oh, Jason, tu es tellement gentil avec moi... Mais... Je ne connais rien à ce genre de choses, alors... Il faudra que tu me dises ce que tu voudras que je fasse. Tu ne crois vraiment pas que tout s'est bien passé parce que c'était la première fois ?

Jason essaya de prendre une voix solennelle :

— Seule l'expérience nous le dira !

Et ils se remirent à se caresser mutuellement, cette fois plus lentement, plus complètement.

Ce soir-là, après le dîner, ils s'assirent sous le porche du bungalow pour contempler la lune. Ils durent battre en retraite devant l'offensive des moustiques. Ils retrouvèrent le grand lit et s'endormirent d'un sommeil heureux... après un moment.

Le bruit du torrent réveilla Evy. Elle resta allongée, immobile. Puis elle ressentit tout à coup le besoin urgent de poser une question à Jason. Elle le secoua. Il poussa un grognement et la repoussa dans son sommeil. Elle s'étendit sur lui et lui chatouilla le nez avec le bout d'une de ses longues mèches de cheveux. Il ouvrit un œil.

— Evy, tu le fais exprès ?

— Je voudrais te poser une question.

Il jeta un coup d'œil sur le réveil et rugit :

— Tu veux me poser une question à cinq heures du matin ?

— Est-ce que... Tu es furieux contre moi ?

— Mais non, il me faut seulement un peu de temps pour me réveiller. Alors, cette question ?

156

Evy s'aperçut qu'elle ne s'en souvenait plus. Elle réfléchit désespérément pour en trouver une autre qui justifie le fait qu'elle ait réveillé Jason.

— Je... Euh... Qu'allons-nous faire de ma maison et de Maria ?

— Et c'est pour savoir cela que tu me réveilles à cinq heures du matin ?

Il était décidément furieux ; Evy alla se blottir à l'autre bout du lit. Jason prit le ton d'un adulte qui répond à la question stupide d'un petit enfant.

— Bien. Nous allons garder ta maison, et la louer à Ramón qui l'apprécie beaucoup pour qu'il y habite avec sa famille. Il est prévu que Maria vive avec eux jusqu'à la naissance de nos enfants. Ensuite elle viendra à « *El Semillo* » pour s'occuper d'eux. Es-tu satisfaite ?

— Je... Oui, bien sûr.

Il l'attira vers lui, posa sa tête sur la poitrine d'Evy et demanda :

— Et maintenant, quelle est la question que tu voulais vraiment me poser ?

— Tu te rappelles le soir où tu m'as montré ces fleurs si belles, les *campagnas de luna* ?

— Je me rappelle. Tu étais aussi belle qu'elles.

— C'est à ce moment-là que je suis tombée amoureuse de toi, Jason. Fleuriront-elles encore quand nous reviendrons ?

— Oui, elles fleuriront encore. Mais tu étais en retard, Evy Brown. Sais-tu quand je suis tombé amoureux de toi ?

— Non.

— A Santiago. Je venais juste de heurter une jolie blonde avec ma voiture ; je l'ai allongée sur le siège avant. Elle a ouvert de grands yeux superbes, et elle a dit à peu près : « Où est le chien ? » Retiens bien cette histoire pour pouvoir la raconter à nos petits-enfants.

Il caressa son genou avec douceur et insista encore :

— C'était vraiment la question que tu voulais me poser ?

Evy admit franchement :

— Non.

La main de Jason abandonna le genou d'Evy et commença lentement à monter vers l'intérieur de sa cuisse, mettant aussitôt les sens de la jeune femme en alerte.

— N'était-ce pas cela plutôt que tu voulais me demander ?

— Tu as deviné.

Il la prit dans ses bras.

— Je devine aussi que nous allons bientôt avoir besoin des services de Maria !

Harlequin vous offre dès aujourd'hui de partager et sa-
vourer la nouvelle série Harlequin Édition Spéciale…les
meilleures histoires d'amour.

   Des millions de lectrices ont déjà accueilli avec enthou-
siasme ces histoires passionnantes. Venez découvrir avec
elles la Série Édition Spéciale.

Achevé d'imprimer en janvier 1986
sur les presses de l'Imprimerie Bussière
à Saint-Amand (Cher)

— N° d'imprimeur : 2646. —
— N° d'éditeur : 944. —
Dépôt légal : février 1986.
Imprimé en France